모월모일

某 月 某 日

박연준 산문집

모월모일

某 月 某 日

문학동네

차례

여 름 비

오래된 가을

서문

모월모일, 모과

책을 쓰는 동안 내내 모과를 생각했다. 이상한 일이다. 웅크린 모과 한 알. 접힌 시간과 곁의 당신을 생각했다. 산문집 제목을 망설임 없이 '모월모일'로 정했다. 끔찍한 날도 좋은 날도 모월모일이다. 풀밭 아무 곳에나 떨어져 있는 모과 한 알이 내 하루였다.

모월 모일 모과.

모월 모일 모과.

나도 모르게 혼자 중얼거렸다. 단어 셋이 만드는 리듬과 뉘앙스가 좋았다.

누가 당신에게 모과 한 알을 준다면 당신은 그걸로 무엇을 할까? 우선 만져볼 것이다. 단단한 것. 울퉁불퉁한 것. 예쁘다고 하기엔 조금 모자란 것. 당신은 손으로 쓰다듬을 것이다. 쥐고, 들여다보고, 향을 맡아볼 것이다. '차로 만들어볼까' 잠깐 생각할 수도 있지만 그러지 않을 것이다. 식탁 위에 그냥 놓아둘 것이다. 지나다니다 볼 수 있도록, 툭. 평범한 하루치의 모과란 듯이. "하루는 짧고, 하루가 전부였으니까." 버지니아 울프가 『올란도』에 쓴 이 문장이 십 년 동안 내 머릿속에 있었다.

생애의 모든 날을 그러모아 '평생'이라 부른다면 빛나는 날은 기껏해야 며칠, 길어야 몇 주밖에 안 될지도 모른다. 이전에 나는 가능한 한 찬란한 날만 골라 서 있고 싶었다. 특별한 날은 특별해서, 평범한 날은 평범해서 구분해야 한다고 생각했다. 바보 같은 생각이다. 우리에게 주어진 모든 날은 작고 가볍고 공평하다. 해와 달이 하나씩 있고, 내가 나로 오롯이 서 있는 하루.

이 산문집은 평범한 날을 기리며 썼다. 빛나고 싶은 적 많았으나 빛나지 못한 순간들, 그 시간에 깃든 범상한 일들과 마음의 무늬를 관찰했다. 삶이 일 퍼센트의 찬란과 구십구 퍼센트의 평범으로 이루어진 거라면, 나는 구십구 퍼센트의 평범을 사랑하기로 했다. 작은 신비가 숨어 있는 아무 날이 내 것이란 것을, 모과가 알려주었다. 내 평생은 모월모일의 모과란 것을.

평범함은 특별하다. 우리가 그 속에서 숨은 모과를 발견하기만 한다면 평범이 특별함이다. 매일 뜨는 달이 밤의 특별함이듯.

이제 겨우 말할 수 있다. 나는 나를 좋아한다. 이걸 깨닫는 데 사십 년이나 걸리다니! 당신이 나보다는 좀더 빨리, 자신을 좋아했으면 좋겠다. 자신을 좋아하면서 아닌 척 딴청을 피우는 시간, 스스로를 괴롭히는 시간을 멀리 내다버렸으면 좋겠다.

책이 나오는 데 도움을 주신 분들이 있다. 『채널예스』 엄지혜 기자의 응원, 봄날의책 박지홍 대표의 관심, 문학동네 염현숙 대표의 격려, 문학동네 강윤정 편집자의 사랑과 사려 깊음에 감사드린다. 그리고, "나는 당신의 전공자"라고 말하는 남편 장석주옹! 늘 내 편이 되어주어 고맙습니다.

쓰는 내내 모과 한 알을 품었다. 이제 당신에게 내밀어본다.

2020년 3월

박연준

겨울 고양이

밤이 하도 깊어

여름밤은 익어가기 좋고, 겨울밤은 깊어지기 좋다. 봄밤은 취하기 좋고 가을밤은 오롯해지기 좋다. 당신이 눈을 동그랗게 뜨고 '무엇이' 익어가고 깊어지는지, 취하고 오롯해지는지 묻는다면? '무엇이든'이라 대답하겠다.

사랑, 미움, 한숨, 그리움, 희망, 불행. 진부하게 거론되지만 원래 그 의미가 무거운 말들은 밤에 한층 더 무거워진다. 겨울밤은 그중 더 무겁다. 겨울밤에는 특별한 게 있다.

겨울밤. 나는 아무것도 하지 않고 가만히 있는 것을 좋아한다. 무릎을 담요로 감싸고, 책상 위에 놓인 종이봉투에 낙서를 하는 게 전부인 시간. 쌓아놓은 책의 책등을 쓰다듬거나, 스탠드만 켜놓고 벽에 드리운 내 그림자의 흔들림을 구경하기도 한다. 음악도 틀지 않는다. 밤이 하도 깊어, 밤 이외의 것은 필요 없는 순간이다. 미지근한 물을 마시거나, 얼려놓은 곶감을 종지에 담아놓고 녹을 때까지 기다리기도 한다. 곶감은 깊게, 말라 있다.

겨울밤. 김치로 치면 살얼음 낀 묵은지를 닮은 밤. 식구들은 모두 잠들어 있고 나 혼자 깨어 밤과 곶감 앞에 놓여 있는 밤. 사치스러운 밤이다.

고요가 깊어 시끄러워질 정도가 되면 생각이 곤두서기도 한다. 닫아두었던 커튼을 열고 밖을 내다본다. 밤이 유령처럼 서 있다. 겨울나무들을 거느리고.

한낮엔 회초리처럼 서 있는 나무 곁을 지나며, 당신에게 물었다.

"겨울에 나무들은 왜 잎을 다 떨구지?"

"나무들로선 저게 최선일 거야. 겨울을 지나기 위해서는."

'최선'이라는 말이 조그만 돌멩이처럼 몸속으로 가라앉는다. 이파리를 죄다 떨어뜨리고 죽음을 흉내내는 모습을 보며 선불리, '나무의 태만'을 생각한 적 있다. 그런데 최선이라니. 어쩌면 저건 나무의 웅크림일지 모른다. 여느 동물들처럼 둥글게 몸을 말고 겨울잠을 잘 수 없으니 가진 것을 다 떨어뜨리고 최대한 고요해지는 일. 어떤 최선은 버림일 수도 있다. 커튼을 닫기 전 한번 더 바라본다.

'고요'라는 투명한 망토를 두르고 병사처럼 서 있는 나무들과 밤.

겨울밤은 야박하지 않다. 길고 길다. 먼 데서 오는 손님처럼 아침은 아직 소식이 없을 것 같으니, 느릿느릿 딴생각을 불러오기에 알맞다. 곶감이 녹으려면 더 있어야 한다. 그런데 누가, 감을 말릴 생각을 했을까? 말린 감은 웅크린 감처럼 보인다. 누구에게나 웅크릴 시간이 필요하다. 병든 자의 병도 잠든 자의 잠도 자라는 자의 성장도 비밀이 많은 자의 비밀도 겨울밤을 빌어 웅크리다가, 더 깊어질 것이다.

조그맣고 딱딱한, 붉은 간처럼 생긴 슬픔

보이지 않는 핀셋이 허공에서 나를 쿡, 찌를 때가 있다. 무방비 상태에서, 가장 소중하고 여린 부분을 찔릴 때가 있다. 그럴 때면 때와 장소를 가리지 못하고 울어버린다. 얼마 전 한낮에 카페에서, 『유럽의 그림책 작가들에게 묻다』(최혜진 지음·신창용 사진, 은행나무, 2016)라는 책을 읽다 그랬다. 프랑스의 그림책 작가 '클로드 퐁티'가 불우했던 유년을 이야기하는 대목에서 핀셋으로 찔린 것이다. 울음을 참아야지, 생각하며 고개를 들었는데 깜짝 놀랐다. 내 앞에 '일곱 살의 나'가 앉아 있었다. 일곱 살의 나는 조그맣고 딱딱한, 붉은 간처럼 생긴 슬픔을 손바닥에 올려놓고 있었다. 손바닥에 올려놓은 그것을 내 쪽으로 내밀며 이렇게 말했다.

"아직도 붉어. 아직도 싱싱해."

나는 그애와 눈도 잘 마주치지 못하고 고개를 숙인 채 울었다. 미안하다고 말을 할 수도, 내 잘못이 아니라고 할 수도 없었다. 그도 나이고, 나도 그이니까. 우리는 그저 한쪽은 빤히 바라보고, 한쪽은 고개를 숙인 채, 울면서 오후를 지나갔다. '유년기를 단어 세 개로 표현한다면 어떤 말을 고르겠냐'는 질문에 퐁티는 이렇게 답했다.

"어렵고, 슬펐고, 혼자였습니다. 혼자 주변 풍경을 관조하며 이야기를 지어내 저 자신에게 들려줬습니다."

—『유럽의 그림책 작가들에게 묻다』에서

내 유년도 그랬다. 나도 그처럼 책을 읽고, 이야기 속으로 도피했다. 피노키오와 인어공주, 콩쥐나 장화·홍련처럼 삶이 고단해 보이는 이들을 따라갔다. 늘 화난 것처럼 보이는 어른들 사이에서 나는 걱정이 많아 자주 한숨을 쉬는 어린애였다. 나는 개미와 송충이가 무서웠다. 걸을 때는 발을 잔뜩 웅크리고 걸었다. 88올림픽 마스코트 호돌이와 진짜 호랑이를 구분하지 못했다. 호돌이와 사진을 찍을 때 덜덜 떨었다. 뒤로 넘어갈 정도로 울면서 사진을 찍었다. 밤마다 귀신에게 나를 잡아가지 말아달라고 기도했다. 귀신이 무서웠다. 울면 혼나므로, 자꾸 눈물을 흘리는 내가 무서웠다. 화장실에 숨어 수도꼭지를 틀어놓고, 흐르는 물에 대고 울었다. 밖은 위험하다고 했으므로 나가 놀 수 없었다. 친구가 없었다. 유치원에 가는 날보다 빠지는 날이 많았다. 나는 유치원에 너무 자주 빠지는 게 아닌지, 스스로 걱정하는 애였다. 선생님께 전화해 오늘은 나를 데려다줄 수 있는 어른이 없다고 알려야 했다. 누군가가 마시던 컵으로는 물을 마시지 못했다. 누군가가 마시던 컵이 나를 상하게 할 것 같았다. 밖에서는 오줌을 눌 수 없었다. 오줌을 참다가 자주 바지에 지렸다. 세상은 불안정했고, 나는 불안정한 세상의 모든 것을 무서워했다. 나는 '어쩌다' 태어난 아이였기 때문에 있을 곳이 없다고 느꼈다. 어른들이 내 존재를 난감해한다는 사실을, 나는 눈치채고 있었다.

"어렵고 슬펐고 혼자였"던, 그 시절은 다 지나갔다고 생각했고 상처인 줄도 몰랐다. 어느 아이에게나 슬픔은 있는 거니까. 뭐라고 정의하기도 어려워 '슬픔이라고 부르지도 못하는 감정'을 아이들은 겪으며 자라니까. 사라진 줄 알았던 그애가 다시 나타났을 때 당혹스러웠다. 책에 고개를 처박고 울면서, 그애가 빨리 사라져주길 바랐다. 아이는 바로 가지 않았다.

엄격하고 불안정하고 불합리한 부모(이런 부모는 얼마나 많은지!) 때문에 힘든 유년을 보낸 클로드 퐁티는 아이들이 사랑하는 그림책 작가가 되었다. 그는 스스로 사랑을 배우고(그렇다, 사랑은 배우는 것이다), 스스로 상처를 돌보았다. 그 과정에서 그가 겪었을 고통과 번민을 생각하니 마음이 아팠다. 상처는 사라지는 게 아니므로 아물 때까지 돌봐야 한다. 슬픔도 사라지는 게 아니다. 잠잠해지는 거다. 그러니 어린 시절의 내가 당시의 슬픔을 손에 쥐고 다시 돌아온다 해도, 놀라지 말아야 한다. 잠잠해지도록, 슬픔을 달래야 한다.

그 일은 몽상이 아니고, 꿈도 아니며, 지어낸 일도 아니다. 일곱 살의 나는 죽지도 않고, '돌아'왔다. 작년에 왔던 그 각설이처럼. 불현듯. 아무도 없는 방에서 이야기를 지어내다 쓸쓸히 잠들던, 늘 혼자였던 그애는 내가 그때를 떠올렸기 때문에 용기를 내었으리라. 그애는 내 앞에 앉아 나를 한참 들여다보다 갔다. 다 큰 내가 가엾다는 듯이. 그렇게 나를 보고는 '조그맣고 딱딱한, 붉은 간처럼 생긴 슬픔'을 주먹에 꼭 쥐고는 돌아갔다.

떠나는 그애의 뒷모습을 보지 못했다. 미안하지 않다. 그도 나이고, 나도 그이다.

그의 머플러는 여전히 이상하지만

'저런 희한한 머플러를 누가 하고 다닌담?'

그는 주황색 바탕에 갈색 점박이가 박힌, 꽤 화려한 머플러를 두르고 있었다. 잠깐 사람으로 변신한 목도리도마뱀처럼 보였다. 까무잡잡한 피부에 안경을 썼고 꼽슬꼽슬한 파마머리를 하고 있었다. 알고 보니 그는 파마를 한 적이 한 번도 없고, 타고난 곱슬머리라고 했다. 그 사실을 안 것은 시간이 꽤 지나서지만. 저렇게 이상한 머플러를 한 남자와는 오 분도 같이 걷지 못할 거라며, 나는 킥킥 웃었다. 그는 '소설 창작' 수업을 맡은 강사였다.

나는 강사나 교수라 해도 그들이 하는 말을 전적으로 믿는 편은 아니었다. 그들의 말 중 반은 듣고, 반의반은 믿고, 반의반은 믿지 않았다. 스스로 납득하기 전엔 누구로부터 온 가르침이든, 얼마간 의심하거나 회의하는 버릇이 있었다. 그가 한 학기 동안 읽어야 할 열 권의 도서 목록을 알려주며, 읽은 순서대로 리포트를 제출하라고 했던 게 기억난다. 나는 아홉 권의 책을 읽고 리포트를 써냈지만, 한 권은 읽지 않았다. 리포트도 제출하지 않았다. 그 한 권은 바로 스티븐 킹의 『유혹하는 글쓰기』였다. 나는 글로 누군가를 유혹하고 싶은 마음이 들지 않았기에 (멍청하게도) 그 책을 읽을 필요가 없다고 생각했다. 나중에 『유혹하는 글쓰기』를 읽고는 탄식했다. 조금만 빨리 이 책을 읽었더라면, 멍청한 짓을 덜 할 수 있었을 텐데!

소설 창작을 가르치던 그는 아이러니하게도 시인이었다. 그는 내게 소설을 더 열심히 쓰라고 야단이었다. 재능이 있다는 거다. 수업 시간에 발표한 내 소설을 따로 디스켓에(그때는 디스켓을 사용하던 시절이다) 담아오라고 해서 '어머, 그래도 보는 눈은 좀 있으시네' 멋대로 생각하게 했다. 그는 앞으로 벌어질 일(작가가 될지도 몰라!)을 기대하게 해놓곤 일언반구도 없어 나를 실망시켰다. 내가 소설보단 시를 열심히 쓰고 있다고 하니 '너는 시가 아니라 소설을 써야 한다'고 설득했다. 나는 그를 '시인들의 나라에서 탈주한 시인'으로 생각하며 예의주시했다. 당시 나는 '오직 시만 쓰겠다'는 생각으로 뭉친, 우둔한 주먹밥 같은 애였으니까. 그는 많은 부분 나와 맞지 않았고 종종 나를 불편하게 했다.

지금 나는 그와 같은 집에 살며 그를 '당신', 혹은 '여보'라고 부른다. 그렇게 됐다. 뒤통수에 뜬 머리, 어깨에 떨어진 비듬도 가장 가까이에서 본다. 사람의 일이 사람의 일만은 아닌 걸까? 대학 때 나는 당신에게 조금도 관심이 없었다고 말하면 그도 지지 않고 말한다. 소설을 조금 잘 쓰던 것을 빼면, 나 역시 너에 대해 기억나는 게 별로 없노라고. 기분이 상해 사실 당신은 내 이상형과는 거리가 좀 있었다고 말하면, 그는 눈도 끔뻑하지 않고 자기 역시 그렇다고 대꾸한다. 그 이상한 머플러? 지금 내 목을 감싸고 있다. 아무리 봐도 예쁘다고 볼 순 없어서, 어울리는 옷을 찾기 어렵다. 그렇지만 나는 어디에도 어울리지 않는 그의 머플러를 두르고 길을 나서는 것을 좋아한다. 십수 년 전 그와 내가 아무런 사이도 아니었을 때, 이렇게 될 줄은 꿈에도 몰랐던 그때, 그의 목에 감겨 여기까지 따라온 물건이니까. 애틋하다.

알 수 없는 세월이 흘렀고, 알 수 없는 세월이 도래할 것이다. 나는 다음해에도, 그다음 해에도 그의 머플러를 두르고 길을 나설 것이다. 산책길에 도토리가 딱! 소리를 내며 내 머리통을 맞히면, 앞서가던 그가 배꼽을 잡고 웃을 것이다.

내 책상 위에 도토리 몇 알이 있다. "혹시, 영감이 올까 해서"라고 말하며, 그가 두고 간 도토리. 중요한 건 첫인상이 아니다. 지금 내가 당신을 어떤 마음으로 그리고 있는가. 그게 더 중요하다. 누구에게나 있을 것이다. '어떻게 사랑에 빠지게 됐을까' 중얼거리며, 도토리를 가만히 만져보는 시간.

김밥 예찬

아름답고 간결한데 속은 꽉 차 있는 음식이 있다면?

김밥이다.

김밥은 오묘하다. 다채로운 동시에 단순하다. 동그랗게 뭉쳐 있지만 펼쳐놓으면 언제든지 독립적으로 존재하는 재료들로 이루어져 있다. 펼친 모양으로 시작해, 돌돌 말아 기다래지고, 썰어놓으면 납작한 원기둥 모양의 '한입 음식'으로 완성된다. 재료에 따라 호불호가 있겠지만, 김밥을 싫어한다고 말하는 이는 드물다.

누워 있는 김 한 장(대체로 김은 누워 있지만)을 상상해보자. 캄캄한 밤처럼 누워 있는 김 한 장. 그 위에 참기름과 소금으로 간을 해 고소해진 밥을 한 주걱 펼쳐놓는다. 고루 펼쳐지도록 손끝으로 살살 달래가며 밥을 펼치면 '눈 쌓인 밤'처럼 보인다. 그 위에 길게 길게 기찻길을 내듯 재료를 올린다. 채 썰어 볶은 당근, 계란부침, 단무지, 맛살, 시금치, 우엉 등을 올린다. 김밥은 정해진 레시피가 없다. 집에 있는 재료 중 원하는 것을 넣으면 된다. 명태젓갈이나 멸치볶음, 씹는 맛이 좋은 견과류를 으깨 넣어도 좋다. 자, 이제 당신 앞에는 펼쳐진 채 완성되길 기다리는 김밥의 전신前身이 있다. 저희들끼리 돌돌 말려 뭉쳐지기를, 완벽한 밤 한 장에 싸이기를 기다리는 재료들. 김밥 마는 발을 조금씩 굴려, 손으로 꾹꾹 눌러 말면 작은 방망이 모양의 김밥이 탄생한다. 다 된 김밥을 쟁반 위에 놓고 또다른 김 한 장을 펼친다. 재료가 떨어질 때까지 전 과정을 반복. 번거롭다 생각하면 번거롭고, 간단하다 생각하면 간단하다.

참기름 바른 칼로 자르면 속속들이 드러나는 환한 얼굴. 김밥은 잘라야 얼굴이 나오는 음식이다. 여러 번 잘라도 같은 얼굴이 나오는 음식. 신기한 점은 같은 재료로 말았는데 더 맛있는 김밥과 덜 맛있는 김밥이 생긴다는 거다. 비쩍 마른 김밥과 뚱뚱해서 터질 것 같은 김밥이 있는 것처럼. 대부분 김밥은 단정한 모양으로 탄생해 단정하게 (입속으로) 사라지지만, 가끔 되바라진 김밥, 막무가내인 김밥이 태어난다. 옆구리를 뚫고 기어이 탈출하는 재료들이 있다. 깔끔하게 붙은 줄 알았던 김이 떨어져 모양이 풀리기도 한다. 되바라진 김밥, 이건 사람을 좀 추저분하게 만든다. 주섬주섬, 손으로 주워먹어야 하니까. 허나 무슨 상관이람, 맛만 좋으면 장땡이다.

여력이 된다면 국을 곁들여도 좋다. 콩나물 듬뿍 넣은 맑은 국이나 감자가 들어간 매운 오징어국이 어울린다. 국이 아니어도 라면과 같이 먹어도, 떡볶이 국물에 찍어먹어도 그만이다.

김밥을 생각하면 떠오르는 장면이 있다. 오래전 만삭의 몸으로 나를 찾아온 친구와 들어간 곳이 김밥집이었다. 우리는 스물다섯. 아직 식도 올리지 않은 어린 임부와, 조언자 노릇을 한다고 촐싹이던 어린 내가 김밥을 앞에 두고 주고받은 말들. 생각하면 우습고도 처연한 데가 있다.

"헤어질 거야."
"아기는 어떻게 하냐?"
"혼자 키우지."
"성급하게 생각하지 마."
"다 끝났는데, 뭐."
"(한숨) 일단, 김밥이나 먹자."
"김밥은 맛있네."

설익은 우리의 대화. 울다가도 김밥은 들어가던 나이. 우리 앞에 어떤 미래가 펼쳐질지 알지 못해 무구했던 날들. 그날 밤. 친구의 남자친구가 내게 전화했고, 우리집으로 찾아왔고, 친구는 못 이기는 척 그를 따라갔다. 그들이 손을 잡고 떠나는 모습을 보는데 깊은 안도와 함께, 알 수 없는 불안이 밀려왔다. 뱃속에서 누군가 비질을 하듯, 쓸쓸한 기분이 들었다. 그를 따라나선 그녀의 뱃속에서도, 그녀가 잉태한 태아의 조그만 뱃속에서도, 나의 뱃속에서도 소화되는 중인 김밥을 누가 빗자루로 자꾸만, 쓸고 있을 것 같았다.

특별한 날은 특별해서, 평범한 날은 평범해서, 슬픈 날은 슬퍼서, 기쁜 날은 기뻐서 김밥이 어울린다. 김밥은 만능이다. 김밥이 없었다면 혼자 먹던 숱한 끼니를 뭘로 때웠을까? 영원하라, 김밥!

얼지 않은 동태 있나요?

총명(귀밝을 총聰, 밝을 명明)! 그것은 귀와 눈이 밝다는 뜻이다. '총명'이란 단어의 한자 뜻을 들여다본 뒤 탄식했다. 아, 나는 총명하기는 글렀구나! 나는 눈도 나쁘고 귀도 나쁘다. 눈이야 안경을 쓰면 되지만 귀는 골칫덩이다. 보청기를 낄 필요는 없지만 사오정이란 게 문제다. 나는 종종 상대의 말을 못 알아듣는다. 그러니 눈치가 빤하고 행동이 잰 사람을 보면 부럽다. 사오정이라 내가 들은 숱한 핀잔들! 가령 이런 식이다. 지방 강연에서 돌아온 남편이 현관문을 열며 내게 말했다.

"주차장에 당나귀가 있어. 내려가서 같이 가져오자."

"뭐라고? 당나귀? 웬 당나귀? (말할 기회도 안 주고, 혼자 펄쩍 뛰며) 우리 주차장에? 당신 미쳤어? 어떻게 키우려고?"

"안마기! 안마기! 당나귀가 아니라."

'안마기'를 '당나귀'로 잘못 알아들은 스스로가 웃겨서, 기특할 정도로 웃겨서, 나는 발을 구르며 웃었다. 한참이나! 괜히 나 혼자 주차장에 묶인 당나귀를 상상했잖아! 저 양반은 휴게소에서 싸구려 안마기는 왜 사온담(차라리 당나귀가 낫지). 귀와 눈뿐 아니라 사실 입도 문제다. 말실수 때문이다. 말실수는 몇 년 사이에 부쩍 잦아졌다. 나는 머리가 나쁜 편은 아닌데(정말입니다, 여러분!) 좀 맹할 때가 있고, 딴생각에 빠져 있을 때가 많아 그렇다. 한번은 생선가게에서 이런 일이 있었다.

"아저씨, 동태 있어요?"
"(냉동실에서 꽝꽝 언 동태를 꺼내며) 여기 있지요."
"(인상을 쓰며) 얼지 않은 건 없어요?"
"네? 그럼 생태를 사셔야지!"
"(무안해서 과장하며) 아하하하하하하하하! 제가 미쳤나봐요!"

오해가 있을까봐 말해두는데, 동태가 '얼린 명태'란 사실을 모르는 바는 아니다. 꽝꽝 얼어붙은 동태를 보는 순간, 갑자기 튀어나온 말이다. 정말 왜 이러는 걸까. 그뿐 아니다. 카페에서 드립커피 '안티구아'를 시킨다면서 "이구아나 주세요"라고 당당히 말하고 (그런데 카페 주인이 찰떡같이 알아들었다), 어느 때는 "따뜻한 아이스 아메리카노 한 잔이요"라고 태연하게 주문한다. 친구와 얘기하다 '아시아나 항공'을 '코리아나 항공'이라고 하고, 벚꽃 흩날리는 풍경 앞에서 "정말 가관이네!"라고 한 후 눈을 끔뻑이다 "장관!", 황급히 고쳐 말한 적도 있다. 옆에 있던 사람들은 웃겨 죽는단다. 원래 남의 실수가 기쁨의 원천인 법이니까. 말실수는 틀린 것을 알고 바로 고치는데, 나는 눈도 나쁘지 않은가(시력과 센스 포함). 스포츠 경기를 볼 때면 같이 보는 사람을 틀림없이 성가시게 만든다. 방금 어떻게 된 거야? 지금 왜 반칙이야? 휘슬 불었어? 옐로카드 나왔어? (유도에서)방금 한판 됐어? (수영선수)어느 줄에 있어? (축구선수)저 사람 왜 넘어졌어?

여기까지 쓰고 보니 불현듯, 쓸쓸하다.

내가 헬렌 켈러도 아니고. 왜 못 보고 못 듣고 말을 못하니, 왜! 왜! 왜!

아는 사람이 이비인후과에 갔더니, 엄청나게 큰 귀지를 파주더란다. 그후 아주 잘 듣게 되었다나. 새해엔 나도 이비인후과에 가야지, 가서 엄청나게 큰 귀지를 발견해 자랑스럽게(?) 집으로 들고 오겠다, 호언장담해보지만…… 사실 나는 크게 불편한 게 없다. 내 곁의 사람들에게 미안할 뿐. 나는 스스로가 좀 재미있어서, 좋기도 하다. 잘못 듣는 거나 말실수는 웃음을 유발하지 않는가!

> 모든 잘못 듣기는 '신기한 칵테일'과 같아서, 백번째의 잘못 듣기라 하더라도 첫번째만큼이나 신선하고 놀랍다.
>
> —올리버 색스, 『의식의 강』(양병찬 옮김, 알마, 2018)에서

그래, 나는 남들보다 '신기한 칵테일'을 좀 잘 만드는 거야. 그게 뭐가 나빠? 게다가 내겐 특별한 장기가 있다. 아주 작은 소리, 혹은 균질하게 들리는 소리 가운데 성질이 다른 소리가 나면 기막히게 알아챈다! 가령 수도꼭지에서 아주 작게 새는 물소리를 꽤 멀리에서 감지하고, 아무도 듣지 못하는 전화벨 소리를 들으며, 연주자의 음 이탈을 기가 막히게 감지해 "틀렸어. 삑사리야!"라고 외친다. 그럴 때 내 귀는 쫑긋, 두 배는 커지는 기분이다.

무언가를 잘 보고, 옳게 말하고, 정확히 듣는 것은 중요하지만 그게 다는 아니다. 그보다 누구도 보지 못한 것을 '알아'보고, 말을 오해 없이 전달하고, 힘들다고 말하는 자의 소리를 향해 귀를 여는 게 더 중요하다. 나는 누군가 자기 이야기를 털어놓을 때 귀가

순하게 열리는 편이다. 당신 쪽으로, 활짝! 그러니 새해에 이비인후과에 갈지 말지 조금 더 고민해보겠다.

옷, 내가 머무는 작은 공간

옷장에 좋아하는 옷이 생겼다. '생겼다'고 표현한 이유는 그전에는 좋아하는 옷이 거의 없었기 때문이다. 그동안 옷을 많이 사고 입어왔으면서 좋아하는 옷이 없다니! 오랫동안 나는 옷을 귀하게 여겨본 적도, 아껴본 적도 없다. 옷에 관심이 없는 것은 아니었으나 내게 어울리는 옷을 고르고 입고 즐거워하며 사랑할 줄을 몰랐다.

이십대 땐 거울 앞에서 나를 보지 않았다. 거울에 비친 내가 아니라 '나를 보는 남의 눈'을 보았다. 그 눈은 냉정하고 집요했다. 내 옆구리에 붙은 군살을 보고, 부스스한 머리카락을 찾아내고, 유행이 지난 셔츠나 바지를 비난했다. 그 눈은 아량이라곤 없어서 내가 어떤 옷을 입든지 늘 한 가지 이상을 지적했다. 그 눈은 거울 앞에서 나를 주눅들게 했다.

내가 스스로의 모습을 싫어한 건 아니었다. 나는 아무래도 상관없었으나 남들 눈에 어떻게 비칠지, 그게 신경쓰였다. 나는 굽이 높은 하이힐을 신어 작은 키를 보완하려 했다. 옷장을 뒤져 최대한 날씬해 보이는 옷을 찾았다. 조화를 고려하지 않고 화려한 색의 옷을 입어보기도 하고, 유행하는 아이템을 어울리지 않는 옷과 매치해보기도 했다. 체계 없이 옷을 샀으니 취향이 서지 않았다. 오래도록 내 스타일을 찾지 못했다. 이따금 친구들이 '옷을 특이하게 입는다'고 놀렸다. 어떤 옷이 내게 어울리는지, 나를 편안하게 하는지, 무엇보다 내가 어떤 스타일을 좋아하는지 몰랐다. 나눌 말이 없는데 한자리에 앉은 사람처럼 나는 내 옷들과 서먹했다.

"멋부리는 것도 예전 일이지. 요새는 편한 옷이 제일 좋더라."

며칠 전 만난 친구는 느슨하게 짜인 카디건에 청바지를 입고 있었다. 편안하고 아름다워 보였다. 우리는 자연스럽게 '편한 옷'에 대해 이야기를 나눴다. 예전처럼 하이힐을 자주 신지 않는 이유, 몸의 윤곽을 도드라지게 하는 옷을 입지 않는 이유, 유행하는 것이라고 무조건 사들이지 않는 이유에 대해 이야기했다. 격식을 차려 입고 출퇴근하지 않기 때문일 수도, 이제 남들 눈에 예뻐 보이려 애쓰지 않기 때문일 수도, 전보다 체중이 늘었기 때문일 수도, 남의 눈치를 보지 않는 나이가 됐기 때문일 수도 있다고 우리는 말하고 웃었다.

이제 나는 좋은 옷이란 '견고하고 우아하며 스스로를 편하게 해주는 옷'이라고 생각한다. 남의 시선이 아니라 나와 궁합이 맞는 옷, '내가 좋아하는 옷'이 좋은 옷이다.

"결국 옷은 내가 머무는 가장 작은 공간이잖아?"

옷을 '공간'으로 해석하는 친구의 발상에 진심으로 감탄했다. 나를 온전히 담고 있는 작은 공간, '나만이 머무는 작은 방'으로서 옷은 얼마나 특별한가? 옷 안에서 내 몸과 정신은 날마다 하루를 '같이' 사는 것이다.

행복은 가볍고 따뜻한 스웨터를 입고 가끔 창밖을 바라보며, 책을 읽는 일인지도 모르겠다. 오후엔 편안한 스웨터를 입고 카페에 나가 책을 읽어야겠다.

밤과 고양이

나는 안으로 조금씩 부스러지고 있었다. 멀쩡해 보였지만 속은 그렇지 않았다. 오래된 감정들로 딱딱해진 응어리에 미세한 균열이 생긴 게 분명했다. 손을 넣어 안을 만져볼 도리가 없으므로, 좀 걷기로 했다. 목도리와 외투를 챙겨 밖으로 나왔다. 자정이 가까운 시각이었다. 파주의 겨울밤은 고요하고 바람이 없어 춥지 않았다. 개미 한 마리도 없구나, 혼잣말을 하며 걸었다.

좀 쉴 요량으로 벤치에 앉았다. 떠오르는 상념을 이리저리 굴리고 있을 때였다. 고양이 한 마리가 사뿐사뿐, 벤치를 향해 걸어왔다. 고양이를 향한 내 짝사랑은 꽤 오래되었다. 단순한 호감이 아니라 경외에 가까운 감정이 고양이를 볼 때마다 들었다. 고양이 앞에 서면 늘 심장이 뛴다. 좋아서, 그리고 두려워서(경외!). 사실 어떻게 대해야 좋을지 몰라 그냥 쩔쩔맨다.

가까이에서 보니 베이지색 털에 납작하게 코가 눌린 페르시안 고양이었다. 떠돌이 길고양이인지, 근처 주택의 고양이인데 잠시 외출한 건지 가늠이 안 됐다. 경계심이 없고 모양새가 깔끔한 것을 보아 후자일 가능성이 있었다. 고양이는 내게 눈을 찡긋 감아 보이더니 벤치 위로 뛰어올라왔다. 둘이 벤치에 나란히 앉게 되었다. 엉덩이는 내 쪽을 향해 두고, 밤의 가운데를 응시하는 듯 시선을 멀리 둔 고양이가 내 옆에 있다니. 겨울밤의 호사였다.

밤을 두려워하는 고양이는 없다. "고양이는 밤의 야경꾼"(네루다), 밤을 다스리는 여왕이다. 내 옆에 앉은 고양이 역시 품위를 잃지 않고 우아하게 앉아 있었다. 모든 동작에 서두름이 없고, 지체하지도 않는다. 장 그르니에는 「고양이 물루」라는 산문의 도입부를 이렇게 썼다.

> 짐승들의 세계는 침묵과 도약으로 이루어져 있다. 나는 짐승들이 가만히 엎드려 있는 모습을 바라보는 것을 좋아한다.
>
> —장 그르니에, 「고양이 물루」 『섬』(김화영 옮김, 책세상, 1993)에서

침묵과 도약으로 이루어진 존재. 어쩌면 이 아이를 만나려고 여기까지 걸어온 것일지도 모르겠군. 작은 목소리로 나비야, 하고 부르니 침묵이 돌아온다. 등선이 이토록 우아한 동물이 또 있을까.

등을 살며시 쓰다듬었다. 역시 침묵. 벤치에 고양이와 둘이 앉아 있으니 시끄러운 마음이 고요해졌다. 나는 입 밖으로 꺼내면 금세 누추해지고 마는 소소한 일들을 고양이 앞에 털어놓았다. 울적한 기분에 대해 이야기했다. 고양이는 잠자코 얘기를 들어주었다. 가만히. 보고 있지 않지만 나를 주시하고 있다는 게 느껴졌다. 우리는 얼마 동안 함께 앉아 있었다. 그러다 내가 그의 심기를 건드리는 질문을 하고 말았다.

"너는 세상을 어떻게 견디지, 혼자?"

그애는 일어나더니, 폴짝 뛰어 벤치에서 내려갔다. 내게서 이 미터쯤 거리를 두고 땅에 엎드린 고양이. 더이상 가까이 오지 마, 그리고 그런 바보 같은 질문은 하지 마. 그의 말이 들리는 것 같았다. 멀어진 고양이의 뒷모습을 보고 있자니, 내가 한심하게 느껴졌다. 이리 와, 내 곁에 다시 앉아보렴, 그애를 불러봤지만 내게 눈길도 주지 않았다. 그애는 어둠을 응시하고 있는 자기 뒷모습을 한동안 더 보여주었다. 그러고는 가볍게 일어나 떠나버렸다. 뒤도 안 돌아보고 표표히, 밤을 가로질러갔다.

고양이는 내게 질문을 던지고 떠났다. 혼자 견디는 법, 무엇에도 의지하지 않고 존재하는 법, 밤 한가운데로 들어가는 법을 궁리해 보라고.

외투 지퍼를 목 끝까지 올리고 집을 향해 걸었다. 조금은, 용기가 생긴 것 같았다.

개의 마음

개는 고양이보다 더 이기적이다. 애타게 바라는 게 있다는 점에서 그렇다. 고양이는 집사를 향해 '이것 좀 해줄래?' 하고 바라다가도, 반응이 영 시답잖으면 토라지거나 무시하는 걸로 응징한다. 개는 그렇지 않다. 개는 애절하게, 한결같이, 줄기차게, 열렬히! 원하는 바를 드러낸다. '내가 그걸 바라거든? 제발 좀 이렇게 해줘. 혼자 두지 말고, 나, 나를, 나만을 사랑해주지 않을래?' 물론 관계 집착은 동물의 성격에 따라 다르겠지만 종의 성향을 미루어 짐작했을 때, 개는 고양이보다 제가 좋아하는 것에 더 집착하고 매달린다.

사랑할 때 고양이는 여러 겹의 외투를 입는다. 우회적으로 마음을 드러낸다. 슬쩍 몸을 부비고, 눈을 깜빡이고, '당신을 좋아해!'라고 암시한다. '비유와 상징'에 능한 고양이들은 어쩌면 '시' 자체일지 모르겠다. 그들은 느슨함과 무심함을 포크와 나이프처럼 쓴다.

'영원한 것? 그런 게 있을까? 그냥 지금을 생각해. 과거와 미래는 이곳에서 멀리 있잖니……' 이런 식의 태도.

과거는 개의 얼굴에 지도를 그린다. 슬픈 얼굴은 슬픈 과거를 암시한다. 개는 영원한 사랑에 목을 맨다. 그런 게 없을지라도, 아니 없다는 게 밝혀진 뒤에도 '다른 영원'을 필요로 한다. 침울한 고양이보다 침울한 개가 많은 이유는, 개는 '깨진 영원'에 상처받는 종이기 때문이다. 사랑에 목을 매는 개는 스스로를 위해 그러는 거다. 그러니 개 앞에서 충성심을 논하며 추켜세울 일이 아니다. 충성심, 그건 당신의 개가 드러내는 자기 사랑에 대한 믿음, 영원성, 나르시시즘에 지나지 않을지도 모른다.

나는 자명한 '개'과 인간이다. 내 안의 '개'를 (도무지) 숨길 수가 없다. 점잔을 빼다가도 좋아하는 것 앞에 서면 사정없이 꼬리를 흔들어 들통난다. 누군가를 사랑하면 그의 얼굴 근처를 서성인다. 연신 혀를 내밀어 맛을 보고(키스가 아니다), 날름날름 핥고(진짜다), 물어뜯고, 상대의 심연에 다가가고 싶어 눈도 깜빡이지 않은 채 얼굴을 들여다본다. 먼 곳에서 그가 돌아오면 개처럼 펄쩍 뛰어 반긴다. 나는 개들이 반가우면 왜 앞발을 들어 그의 몸에 올라타는지, 왜 꼬리를 흔드는지 안다. 왜 먼 곳을 향해 하울링을 하는지, 왜 당신이 옆에 있어야 마음을 놓는지, 왜 그토록 산책을 좋아하는지 안다. 화가 나면 왜 사납게 송곳니를 드러내고 물어뜯으려 하는지 안다. 고양이처럼, 펀치를 날린 후 지켜볼 만한 마음의 '여력'이 개에겐 없다. 개는 감정의 보폭이 좁고, 당장에 화를 집어던지는 일에 맹렬하다. 당신이 마음을 알아주지 않을까봐 생기는 안달, 그 때문에 개는 조바심을 태운다.

당신은 개다운 기색을 잃어버린 개를 본 적 있을 거다. 상심에 빠진 개.

어떤 이유든 믿었던 영원성에 상처를 입거나 제 충직함을 바친 상대에게 배신을 당한 개는 시름시름 앓는다. 상심 때문에, 개는 죽을 수도 있다. 고양이는 쉽게 마음을 접을 수 있지만, 개는 자꾸 열리는 마음을 가누지 못하고 그것을 끝끝내 유지한다. 개의 마음은 단심丹心이다. 사랑에 몸을 날리는 개들을 누가 말릴 수 있을까? 고양이는 타자를 주시하고, 개는 자아(와 자기 주인)를 중시한다. 개는 당신을 멀리 떨어뜨려놓고 생각할 여유도, 능력도 없다.

언젠가 식당에서 물끄러미 창밖을 내다보는 개를 본 적 있다. 사색에 잠긴 듯, 창밖 풍경에 빠진 개의 모습을 보고 의젓하다며 감탄했다. 식당에서 키우는 개라고 했다. 개의 옆과 뒤에 서서, 휘파람소리까지 내며 불러보았지만 개는 내 쪽으로 눈길조차 안 줬다. 개는 의자에 올라앉아 망부석이라도 된 듯 창밖을 보았다. 저렇게 몰입해서 밖을 보는 일이 개한테 가능한가, 신기해하며 자리에 앉았다. 별안간 개가 펄쩍 뛰어 의자에서 내려오더니 문 앞으로 달려갔다. 번개처럼 빠른 행동이었다. 장을 보고 돌아온 주인의 기척을 알아챈 거다. 문이 열리고, 기다리던 '그 사람'이 들어오고, 격한 상봉이 이루어졌다. 주인은 주방으로 향하고 개는 쫄래쫄래 따라갔다. 내겐 눈길조차 안 주고, 식당에 있는 누구에게도 볼일 없다는 듯이, 개는 세상에 '단 하나의 존재'만 있다는 듯 굴었다.

개에게 슬픔이 있다면 그 슬픔은 단순하고 깊을 것이다. 가끔은 그게 슬퍼서 울고 싶다. 기다리는 개의 뒷모습보다 더 애절한 게 있을까? 기다림은 개에게서 배울 일이다.

나는 종종 개를 보면 슬프다. 포인핸드 같은 곳에서 입양 가족을 기다리는 개들의 불안하고 처량한 눈빛을 볼 때도 당연히 그렇지만, 가족에게 사랑받는 행복한 개조차도 잠깐 가게 앞에 묶여 혼자 남겨지면 출입문만 바라보며 시선을 못 떼는데, 나는 그런 개의 뒤통수를 볼 때도 슬퍼진다. 개는 왜 사람 따위를 이토록 사랑하는 걸까. 개의 중심은 제 안에 있지 않고 자기가 바라보는 사람 안에 있는 것 같다. 그리고 'We don't deserve dogs'라는 말처럼, 많은 경우 인간들은 개의 맹목적이고 순수한 사랑을 받을 자격이 없다.

—김하나, 「개의 슬픔」 『다름 아닌 사랑과 자유』
(김하나 외, 문학동네, 2019)에서

세상에 의뭉스러운 개는 없다. 두 개의 패를 쥔 채 상대를 속이는 개도 없다. 개는 오직 한 방향을 본다. 그게 전부다.

스무 살 때 만난 택시 기사

새벽 두시 즈음, 친구에게 들려주고 싶은 이야기가 있다. 이불에 발만 살짝 넣고, 나란히 앉아 귤을 까먹으며 도란도란 나누고 싶은 이야기.

요즘엔 통 안 그러지만, 그럴 일이 없어 오히려 섭섭하지만, 내겐 고약한 버릇이 있었다. 술 마신 후 홀로 탄 택시 안에서 우는 버릇이다. '참으로 진상이로군', 당신이 면박을 준다 해도 할말이 없다. 주로 차가 끊긴 새벽 시간에 그러했다.

새벽에 택시를 타고 강을 건너본 적 있는가?

몸은 안에 있지만 마음은 차창 밖 상념을 따라 훠훠 달아나려 하는 때. 얼마 전까지 웃고 떠들던 이들은 사라지고, 혼자 밤 속으로 내던져진 기분. 그때 알았다. 좋은 시들은 새벽의 택시 안에서 태어난다는 것을. 달리는 차 안에서 하릴없이 흘러내리는 말들. 허공에서 흩날리다 사라지게 둘 수밖에 없는 생각들. 택시 안에서 태어난 시들은 죄다 한강에 빠져 죽었다. 나 대신, 그들이 뛰어들었다. 좋은 것들은 다 잡을 수 없구나, 중얼거리며 몰래 울었다. 슬픈 일과 청승맞은 기억, 보고 싶은 이와 미운 이, 애틋한 이의 얼굴이 떠오르도록 내버려두었다. 지금도 한강을 건널 때면 괜히 가슴이 먹먹하다. 한낮에도 그렇다.

스무 살 때다. 그날은 유난히 마음을 추스르기 어려웠다. 젊었으므로 슬픔도 더 젊었다. 택시를 타자마자 맹렬히 울었다. 숨이 넘어갈 정도로 우는 나 때문에 곤란했을 게 분명한 택시 기사가 건넨 말들, 안타까워하던 목소리를 기억한다. 왜 그렇게 울어요? 너무 슬퍼서요. 뭐가요? 모르겠어요. 무슨 일 있었어요? 그냥 일이, (흑흑) 자꾸만 많이, (흑흑) 일어나요. 울지 마세요. 네. 무슨 일인지 모르겠지만 지나가요. '지나가요'라고 말하던 그의 나직한 말투가 기억난다. 고등학교를 갓 나온 어린애가 술냄새를 풀풀 풍기며 택시에 타더니, 꺼이꺼이 목놓아 우는 광경이라니. 이 난감한 광경의 장본인이 나다. 그는 내가 한참 울도록 내버려두더니 갑자기 자기 이야기를 꺼냈다.

“아가씨, 내가 가장 힘들었던 때가 언제인 줄 알아요?”

“흑흑, 몰라요.”

“성룡 알죠? 영화배우 성룡. 오래전에 성룡이 내 여자친구를 빼앗아갔어요.”

“성룡이요?”

“네. ‘미스 롯데’ 출신인 내 여자친구, 정말 예뻤는데. 성룡에게 빼앗겼어요.”

그때 내 울음이 잠시 잦아들고 귀가 쫑긋해진 것은 사실이다. 울다 호떡을 본 기분이랄까. 홍콩영화라면 하루에 두세 편씩 연거푸 보던 내가, 이런 오묘한 이야기를, 이렇게 엉망진창으로 흐느껴 울다, 새벽의 택시 안에서, 처음 만나는 기사에게 들을 줄은 몰랐다. 나는 조금씩 울음을 멈추고 성룡의 도덕성을 놓고, 택시 기사와 이러니저러니 흉을 보았다. 사실 여부와 상관없이 나는 무조건 그의 편을 들었다. 강남구에서 강서구까지 한참을 왔는데, 그것도 꺼이꺼이 울며 왔는데 지갑을 열어보니 돈이 모자랐다. 신용카드도 없던 때다. 나는 퉁퉁 부은 눈으로 돈이 모자라니 집에 올라갔다 오겠다고 말했다. 잠든 부모님을 깨워 취한 몰골로 택시비를 달라고 말해야 하는 상황이 끔찍했지만 별수없었다. 그런데 그가 별안간 돈을 ‘한 푼’도 받지 않겠다고 말하는 것 아닌가. 돈은 됐으니 앞으로는 울지 말고 다녀요, 나를 다독이던 그의 말. 그 다정함에 감명받아 나는 또 울기 시작했다. 집으로 들어가는데도 자꾸 눈물이 나왔다. 눈물이 폭포처럼 흐르던 시절이다.

이제 나는 아무리 슬퍼도 모르는 이 앞에서는 울지 않는다. 늦은 밤 택시를 타고 강을 건넌다 해도 울지 않는다. 옛날에 빠져죽은 아름다운 시들을 떠올릴 뿐이다. 나풀나풀 사라지던 옛말들이 수장된 강물을, 바라보기만 한다. 눈물보다 한숨이 더 쉽고, 한숨보다 괜찮은 척이 더 쉬운 나이가 되었다.

그날 이후 텔레비전에 성룡이 나오면 가자미처럼 눈을 흘기고 바라보는 버릇이 생겼다. '쳇, 당신 말이야!' 속으로 콧방귀를 뀌고는, 그날 우리가 나눈 새벽의 대화를 생각한다. 나를 돌본 그의 선의에 감사한다.

어른 여자를 보면

—김언희 시인께

마음을 울렁이게 하는 어른 여자를 보면, 그녀의 치맛자락을 슬쩍 만져보고 싶다. 치맛자락을 흔들어 쥐고 이따금 허리춤에 매달리고 싶다. 매달려 무얼 하려는 건 아니다. 그저 구름이 어느 지붕 위에 걸터앉듯, 내 손을 잠시 그녀의 치마 위에 얹고 싶을 뿐이다.

어른 여자. 그게 누구인지, 어떤 여자가 어른 여자인지 나는 모른다. 어른이 더 많은 여자인지, 여자가 더 많은 어른인지도 모르겠다. XX염색체를 지닌 채 장성한다 해서, 모두 어른 여자가 되는 것은 아니다. 아닌 것 같다. '알맞은' 어른 여자는 흔치 않다. 한눈에 보아도 어른과 여자가 고루 섞여, 나무같이 편안히 서 있는 사람.

어쩌면 그녀는 치마 따위는 입지 않았는지도 모른다. 폭이 넓은 바지와 느슨하게 짜인 가을 스웨터를 입고 늦가을 해바라기 같은 표정을 짓고 있을지도 모른다. 눈은 온화하게 반짝이지만 혼자 있는 밤에는 불의 심처럼 독해질지 모른다. 집의 안팎을 살피고, 떨어진 열매와 떨어지려는 열매를 보며 과거와 미래 사이를 조율하고 있을지도 모른다.

나는 그녀가 오래전, 소중한 것을 놓친 적이 있다고 상상한다. 소중한 것을 놓쳐, 미쳐버린 적 있다고. 그로 인해 아름다워졌으리라 상상한다. 그녀는 가끔 꺾인 목으로 시들어 있을 것이다. 시든 채 며칠을 보내다 어느 날 아침, 얼굴을 새로 해 입고 창문을 열 것이다. 찬 공기를 집안으로 들이고, 먼지를 털고, 부스스한 머리를 하나로 높이 묶을 것이다. 무엇을 겪었는지 아무도 알아채지 못하도록 입술과 눈 위로 고요함을 불러올 것이다. 손끝으로 무심히 창문을 두드릴 것이다. 토독, 토도독, 창문에서 소리가 나면 그 소리에 귀기울일 것이다.

어른 여자. 이따금 그녀는 훌쩍 떠날 것이다. 홀로 서서, 비 온 다음의 숲처럼 짙어질 것이다. 곳곳에서 썩어가는 것을 들추고 도려내느라, 손바닥의 주름은 더 엉킬 것이다. 보이지 않는 것들을 모으느라 손가락은 허공에서 물갈퀴처럼 바쁠 것이다.

어른 여자는 누군가에게 '엄마' '언니' '누나' '여동생' '아줌마' '할머니' '이봐요' '여보' '마누라' '여편네' '당신' '여사님'이라고 불릴 수도 있지만 이중 무엇도 어른 여자의 정체성을 규정할 순 없을 것이다. 그녀의 정체는 그저 어른 여자이며, 언제나 자기 자신 일 것이다.

가끔 소식이 오면 심장이 뛰는 '어른 여자'를 한 명 알고 있다. 그녀와 나는 딱 두 번 만났지만 오래 알고 지낸 사이처럼 아낀다. 어른 여자는 내게 우주처럼 활짝 핀 꽃 판화 그림이나 옛날 희곡집을 보내주었다. 첫 대사가 "추워요"로 시작하는 희곡집이다. 아무에게도 보여주지 않고 한 백 년, 혼자 숨어 보고 싶은 손편지를 써 보내기도 했다. 일전에 내가 쓴 산문집을 보냈더니 한참 뒤 이런 답장이 왔다.

"연준씨가 쉰이 되고, 예순이 되어서 쓸 글들을 따라 읽을 수 없다는 이 슬픔. 그러나 내가 없을 이곳에 풍염하고도 강건할 나무 한 그루를 예감한다는 이 기쁨."

어른 여자와 내 나이를 손가락으로 헤아려보다 길 한복판에서 찔끔찔끔 울었다. 가난한 비처럼. 상상하면 내 앞에 제일 먼저 당도하는 어른 여자를 언젠가 잃을지 모르겠구나, 생각하며 울었다.

해 좋은 날 벤치에 앉아 어른 여자가 지나가길 기다린다. 오지 않는다. 내가 어른 여자가 되는 상상을 해본다. 쉽지 않다. 어른 여자는 '어른이고 여자이기'에 세상을 꿰뚫어보는 힘이 있다. 치장 없이 눈빛만으로 빛날 수 있다. 그러나 알다시피, 어른 여자는 흔하지 않다. 어른 남자가 드문 것처럼. 어른이 못 된 여자, 여자라기보다 늙은 어른, 어른이 되기엔 상처가 많은 여자, 여자 따위는 되고 싶지 않은 어른…… 어른 여자로 살아가기 힘든 세상이다. 나는 모르는 게 많아 어른 여자가 못 된 사람. 언제나 될 수 있을까, 진짜 어른 여자는.

시 창작 수업에서 우리가 나누는 말들

겨울의 끝에 와 있다. 이즈음 겨울은 사춘기를 겪는 아이 같다. 볕이 따뜻하네, 마음을 놓으려다 돌연 칼바람을 휘두르는 바람 때문에 애를 먹는다. 바람을 등지고 시 창작 수업을 하러 간다. 겨울에서 봄으로 계절이 건너가듯, 자기에게서 또다른 자기로 건너가려는 사람이 있다. '시'라는 지팡이를 짚고 가려는 이들. 회사원, 백수, 대학원생, 모든 걸 내려놓고 일 년간 시만 쓰겠다는 사람, 아이들을 가르치거나 키우는 사람, 책을 낸 적이 있지만 제대로 써보고 싶다는 사람…… 다양한 배경을 가진 이들이 창작 수업을 들으러 온다. 시를 처음 써본다는 사람도, 오랫동안 썼지만 누군가에게 보여준 적은 없다는 사람도 있다. 제주에서 서울까지 매주 비행기를 타고 오는 사람도, 시를 외면하고 살아왔는데 써보니 빠져든다는 사람도 있다.

이렇게 모인 우리들, 왜 시를 쓰고 싶은 걸까?

'왜'라는 물음에 작아지는 게 시 쓰는 일이다. 시의 무용無用함 탓이다. 시는 어떤 필요에 대한 부응이 아니라 그저 하나의 존재다. 그러니 '무얼 위해' 시를 쓰겠다는 사람도 없다. 시는 쓰는 자도 읽는 자도 애를 써야 흐르는 음악이다. 음악으로 그득 차 있는 시집도 읽는 사람이 활을 잡고 글자를 연주하지 않으면, 이상한 기호로 이루어진 얇은 종이 뭉치에 지나지 않는다. 시의 언어는 다른 방식으로 보고 말하라거나 숨은 그림을 찾아보라고 말한다. 이때 숨은 그림은 '스스로 만들어' 찾아야 하기에 번거롭고 어렵다. 그런데 빠져들면 무엇과도 바꿀 수 없는 희열과 충만함을 준다. 쓰는 이도 읽는 이도 열렬해져야 하는 일. 시로 충만함을 느끼고 싶은 이들이 옹기종기 모인다.

이 시는 어디에서 왔나요, 이 부분에선 음악이 느껴지지 않아요, 더 먼 곳에서 시작하는 게 어때요, 억지로 대상을 종이 위로 끌고 왔잖아요, 살아 있는 언어가 없군요, 왜 다 말해줘요 듣고 싶지 않은데, 왜 안 말해줘요 가장 중요한 것을! 뜬구름 잡는 것처럼 들리는 말들이 우리가 '놓인' 방안을 떠다닌다. 우리의 말은 간절하지만 멀리서 보면 모호하고 우스워 보이리라. 우리는 말이 '팽팽한 기운'으로 우리 주위에 머문다는 것을 믿는다. 마치 세상에서 가장 중요한 일을 위해 논의중이라는 듯 우리는 진지하고, 언어는 맹렬해진다. 사랑이나 음악이 그렇듯 보이지 않고 잡히지 않아도 할 수밖에 없다. 밀쳐지더라도 계속 향하기. 자기 믿음이 없을 때 쓰는 사람은 작아진다. 사라진다.

잘하고 있는지, 재능이 있는지, 계속 쓰는 게 맞는지 모르겠어요. 자기를 믿지 못한다는 말들. 습작생들에게 자주 듣는 말이다. 당신이 주머니 속 송곳처럼 '숨어서 계속 반짝일 수 있다면'(이게 가장 중요하고도 어려운 일이다!) 누군가 방해해도, 하느님이 말려도 나올 거예요. 오가는 말들. 장 주네는 탁자 아래에서 먼지를 잔뜩 뒤집어쓰고 방치돼 있는, 자코메티의 "가장 아름다운 조각 작품 하나"를 발견하고 놀란다. 부주의한 방문객의 발아래에서 하마터면 부서질 뻔하지 않았느냐고 하자 자코메티는 이렇게 답한다.

> "그게 정말로 뛰어난 것이라면, 설사 내가 감추어놓았다 하더라도 스스로 제 모습을 드러낼 수 있을 거요."
>
> —장 주네, 『자코메티의 아틀리에』(윤정임 옮김, 열화당, 2007)에서

가르치는 입장(이란 게 말이 된다면)에서 가장 두근거리고, 두렵게 만드는 사람은 미쳐 있는 자다. 시키지 않았는데 몇 편씩 써오는 사람, 합평 때 나눈 이야기를 자기 방식으로 소화해 다시 써오

는 사람, 고친 것을 또 고쳐 오는 사람, 쓰고 쓰고 또 쓰는 사람. 이건 정말 못 당한다. 좋아서 하는 일. 가끔이지만 이런 수강생을 보면 티내지 않으려 해도 심장이 뛴다. 태어나려나봐, 저 사람, 태어나려는 것 같아. 어쩌지, 태어나면 저 사람 빛날 텐데, 빛나다 어두워지기도 할 텐데, 괴로울 텐데, 행복에 겨울 텐데, 도망치고도 싶을 텐데, 어쩌려고 저러나…… 걱정 반 기대 반.

초심을 지키는 일은 가장 어렵다. 나무에 오르는 사람이 작은 나무에 오르고 나면 큰 나무가 보인다. 기를 써서 큰 나무에 오르면 웬일인지 큰 나무도 시시해 보인다. 큰 나무든 작은 나무든 높이가 중요한 게 아니란 생각은 못한다. 성장은 위가 아니라 아래로 깊어지는 일이라는 것, 보이지 않게 이루어지는 일이란 것을 모른 채 숲을 헤맨다. 성장의 비밀은 뿌리에 있다. 팔을 위로 올리고 싶으면 아래에서 반대로 당기려는 몸통과 다리가 있어야 한다.

“새벽에 쓴 시를 이리저리 고치며 작업실에 가는 중이에요. 지금은 희끄무레한 한강을 건너고 있고요.”

쓰는 사람, 당신이 보낸 메일을 읽는다. 강을 건너며 어젯밤 쓴 시를 고치는 사람, 아름다운 뿌리를 내리느라 오늘도 바쁠 사람. 겨울의 끝에 와 있다.

하루치 봄

사월

봄이에요. 사월이고요.

삼월 중순에서 사월로 넘어가는 시기. 저는 이맘때 '봄의 부레'가 만들어진다고 생각해요. 봄을 봄으로 헤엄치게 하는 부레, 천지에 봄을 '둥실' 띄우는 부레! 아름다운 것들은 대개 이때 돋아난다고, 뻗치고 도톰해진다고 믿어요. 가령 어린 나뭇잎들. 아주 쪼끄마한(이 형용사의 앙증맞음을 보세요!) 어린잎이 제법 돋는 시기죠.

성큼성큼 걸어가다가 돌부리에라도 걸린 듯, 마음이 넘어지는 것을 봅니다. 넘어진 마음이 기대는 것은 역시 이파리들이지요. 그동안 어디에 있었니! 이 작고 귀여운 것들아! 주책과 호들갑을 떨며 감탄하는 것은 제 의지로 어쩔 수 없어요. 어여쁜걸요. 제가 사월을 편애하는 이유입니다. '어리둥절한 얼굴'로 갓 돋아난 어린잎을 보고 있자면, 저도 모르게 신을 떠올리게 됩니다. 당신이 어딘가 있긴 있는 모양입니다? 운운.

이맘때 창문은 '막幕'이 아닙니다. 닫는 도구가 아니라 여는 도구. 나를 세상 밖으로, 세상을 내 안으로 흐르게 하는 연결 고리가 되지요. 창을 통해 제가 보고 싶은 건 장엄한 산도 거대한 바다도 어여쁜 당신 얼굴도 아닌, 한 그루의 나무입니다. 화곡동에 살 때 삼층 작은 창으로 오래된 감나무가 보였어요. 빛을 받으면 큰 잎사귀에 윤기가 흘렀지요. 서교동 살 땐 거실 창으로 앞집 뜰에 핀 자목련과 라일락이 보였고요. 그 집 진돗개가 시도 때도 없이 짖어대 골치가 아팠지만, 자목련과 라일락 때문에 용서가 됐어요. 지금 사는 파주 집 침실 창으론 잘생긴 매화나무 한 그루가 보여요. 삼월 중순 지나니 홍매화 꽃눈이 가지마다 다닥다닥 맺혀 두근거렸지요. '봄의 신호탄이로군!' 속으로 외쳤지요. 아침마다 창가에 붙어 매화나무를 먼저 살폈습니다. 꽃눈은 조금씩 커지더니, 삼월 마지막 주부턴 '팟팟' 피어났지요. 파주는 서울보다 온도가 낮아 나무들이 느리게 핀답니다. 그런데 말입니다(《그것이 알고 싶다》 톤). 상상해본 적 있으세요? 놀이동산 조명이 차례로 켜지듯 남쪽부터 시작해 '팟' '팟' '팟', 순서대로 피어나는 꽃나무들을요. 눈 감고 이따금 상상합니다. 그리고 기다리죠. 파주 나무들의 순서를요. 벌써 매화는 상당히 피어났어요. 목련은 조금 더 느리고요.

속이 편치 않을 때는 언제라도 나무를 봅니다. 나무바라기처럼,

모가지를 틀어 열렬히 보죠. 고요히 한곳에 서 있는 나무를 보고 있노라면 시끄러운 마음이 진정되거든요. 그쪽을 아무리 바라봐도 나무는 이쪽을 보지 않기 때문일까요? 제 눈길을 받아치지 않고, 다만 침착하게 서 있는 존재. 나무는 스스로에게만 열중하는 존재니까요. 딱정벌레, 버섯, 지렁이, 청설모도 나무에게 의존하죠. 새들은 둥지를 틀고, 이따금 뱀이 축축한 몸을 말리기도 하겠지요. 나무는 '그러려니' 할 겁니다. 무심히 서서, 자기 할일을 하죠. 꽃과 잎을 피우고 떨어뜨리는 일. 바람 불면 흔들리고 비 내리면 젖는 일.

> 나무와 이야기를 나눌 줄 알고, 나무에 귀기울이며 들을 줄 아는 사람은 진실을 알게 된다. 나무들은 무슨 교훈이나 처방 따위로 설교하지 않는다. 개별적인 일에는 무심하면서도 삶의 근원적인 법칙을 알려준다. (……) 나무들의 속삭임에 귀기울이는 법을 배운 사람은 이제는 나무가 되려고 갈망하지 않는다. 자신이 지금 처한 자신이 아닌 다른 존재가 되려 하지 않는다. 바로 그것이 고향이다. 그것이 행복이다.
>
> —헤르만 헤세, 『정원에서 보내는 시간』
> (두행숙 옮김, 웅진지식하우스, 2013)에서

스무 살 무렵, 자주 가는 공원에 '황금나무벤치'라고 부르던 벤치가 있었어요. 가로등 불빛을 받은 작은 나무가 꼭 황금나무처럼 보여 그렇게 불렀어요. 안 좋은 일이 생길 때마다 주로 밤에, 황금나무벤치에 앉아 있었어요. 시간을 보냈죠. 일도 없이. 밤이 흐르는 것을 보았어요. 어떤 시간은 그저 '흘려보내는 것'이 최선임을, 나무 아래에서 알았죠. 석가모니가 보리수나무 아래에서 깨달음을 얻은 것도 무리가 아닙니다. 어떤 나무든 오래 보고 있으면 사람을 조금 지혜롭게 만드나봐요. 십 년이 훌쩍 지나, 그 공원을 지나는데 깜짝 놀랐습니다. 제가 황금나무라고 부르던 그 나무, 그 벤치, 그 공원이 초라해 보였거든요. 황금나무벤치가 변한 게 아니라, 제가 변한 거겠지요.

봄이에요. 사월이고요. 단 하루도 슬프게 지내지 않을 거예요. 나무를 실컷 보겠습니다. 돈이 드는 것도 아니잖아요. 어린잎이 '어린잎'으로 보내는 때는 짧아요. 금세 지나가죠.

가끔 사람도 한 그루, 두 그루 세고 싶어요. 내 쪽으로 옮겨 심고 싶은 사람을 발견한다면…… 흙처럼 붉은 마음을 준비하겠어요.

맹추라는 말

앞에 가던 할머니 한 분이 떨어지는 꽃잎처럼 나뒹군다. 맞은편에서 오던 차가 할머니를 향해 경적을 '빵' 울리는 바람에 나자빠진 거다. 아니 저 자식은(운전자 말입니다만) 대로도 아니고, 아파트 입구로 이어지는 골목을 지나는 중인 할머니에게, 뭐 다급한 일이 있다고! 응? 무슨 대단한 위험을 알리겠다고! 빵, 이 소리는 할머니에게 봄날 느닷없이 울린 총소리와 진배없었을 테다. 할머니가 내뱉는 한마디.

"우라질 놈!"

찰지다. 욕은 저렇게 하는 거였어. 할머니는 툭툭 털고 일어난다. 바닥엔 물건들이 분분하다. 뭐가 들었는지 불분명한 까만 봉지, 꽃무늬 천으로 된 가방, 그리고 개나리 두 줄기. 이것들이 할머니와 함께 봉변을 당했다. 할머니는 허리를 꼿꼿이 세우고, 짐을 챙겨 떠난다. 어디서 꺾으셨을까 개나리 두 줄기, 손에 쥐고 가는 뒷모습이라니. 모르긴 몰라도 저 운전자는 오늘 할머니의 '작은 봄날'에 흠집을 낸 게지. 개나리 두 줄기를 다치게 했지. 할머니를 따라, 자동차 꽁무니를 향해 내가 뱉는 말.

"경을 칠 놈!"

어라, 이건 내 말이 아니다! 어릴 때 듣고 자란, 지금은 세상에 없는 우리 할머니의 말이다. 내가 이런 늙수그레한 표현을 쓰다니. 할머니! 할머니? 하늘을 한 번 올려다보고 머리를 긁적인다. 어릴 적 어른들이 쓰던 말이 많이도 사라졌다고 아쉬워했는데…… 그 말들은 불시에 튀어나온다. 내 입에서 내 몸에서 내 영혼 귀퉁이에서 죽은듯 살다가, 핍박받다가, 먼지 쌓인 채 방치되어 있다가 불현듯 '살아'나온다. 가령 누군가 우스꽝스러운 행동을 할 때 나도 모르게 튀어나오는 말.

"요런 맹추!"

할머니가 어린 나를 놀릴 때 부르던 말이다. 이 말이 내 안에서 튀어나오는 순간 깜짝 놀란다. 완전히 잊고 지내던 말이기에. 내 속에 있는 줄도 모르던 말을 모르는 사이에 사용하는 나, 그것도 돌아가신 할머니 어투로 하고 있는 나를 발견하는 기분은 묘하다. 가령 나는 이런 말들을 종종 한다.

"이런 건 고장나기 십상이야."

"이 옷은 개 혓바닥처럼 얇아서 영 못쓰겠네."

"떼꾼한 게 좀 피곤해 보이네요."

"아휴, 보기 숭하잖아?"

그리고, "경을 칠 놈!"

가끔 비 오는 날 멍하니 엎드려 있다 그 노래를 생각한다. 다리 빼기 놀이를 할 때 부르던 노래. 할머니와 마주보고 앉아 다리 한 짝씩을 엇갈리게 끼워놓고, 같이 부르던 노래다. 노래가 멈추면 다리를 하나씩 구부려 접는 게 규칙인 놀이. 내 짧은 다리와 할머니의 긴 다리를 두 쌍의 젓가락처럼 사이좋게 붙여놓고는 즐거워했다. "이거리 저거리 각거리/천사만사 다만사/조리김치 장독간/총채비 파리딱" 노래하던 할머니의 음성이 생각난다.

죽은 이들이 결코 우리 곁을 떠나지 않는다는 건 여러분도 나만큼—아니 어쩌면 더—잘 알고 계십니다. 그들이 하는 이야기를 귀기울여 듣는다면 망자들은 어떻게든 우리를 도와주려 합니다. 그리고 우리는 마땅히 귀를 기울여야 하죠. 그렇지 않은가요?(겉으로야 아닌 척하더라도 말이죠.)

—존 버거, 『여기, 우리가 만나는 곳』(강수정 옮김, 열화당, 2006)에서

쓰지 않으면 언어도 늙는다. 늙어 병이 들거나 쪼그라들거나 영 사라지기도 한다. 그걸 '언어의 역사성'이라 함을 알고는 있지만, 새삼 깨닫게 될 때가 있다. 재치 있는 신조어들, 사람들 입에 자주 오르내려 날로 쌩쌩해지는 말들 사이에서 희미해져가는 옛말들의 안부가 걱정되는 때. 옛날 어른들이 쓰던 말들, 찰진 언어들, 에둘러 하는 표현, 구수한 억양…… 서울 사투리라 부르는 '경아리 말씨'도 상당 부분 사라졌다고 한다. 나긋나긋하고 우아해 보이는 서울 사투리는 이제 몇몇 문학책에서나 볼 수 있다.

아침에 일어나자마자 거울을 볼 때. 내 얼굴에서 언뜻 돌아가신 할머니 태가 보여 놀랄 때. 쓰지 않던 말을 내뱉은 후 이게 '당신에게서 온 것'임을 깨달을 때. 죽은 당신과 살아 있는 내가 '함께' 살고 있구나 알게 된다. 거울을 보면 투명한 당신이 옆에 와 서 있는 것 같다. '요런 맹추야, 내가 여기 있는 거 몰랐니?' 당신이 말하면, 나도 따라 말한다. 아휴, 맹추.

하루치 봄

봄이 오면 소풍을 많이 다니겠노라, 호기롭게 한 다짐은 지키기 어렵게 됐다. 미세먼지 탓이다. 괜찮은가 했더니 오늘 다시 미세먼지가 '매우 나쁨' 수준이다. 마스크로 얼굴을 가리고, 소득이 없어 시무룩해진 도둑처럼 집밖으로 나온다. 슈퍼에 들어가 과일을 살펴본다. 좀 비싸다. 싸고도 실한 과일은 없나? 두리번거리는데 가게 주인의 말.

"애기 엄마, 오늘 딸기 세일이에요."

태연하게 과일을 고르는 척하지만 당황한다. 딸기 쪽은 아예 보지 않는 것으로 소심하게 불만을 내비친다. 내가 어딜 봐서 아기 엄마야? 불만을 가지려다 그만둔다. 아이는 없지만 있다 해도 하나도 이상할 게 없는 나이다. 미처 깨닫지 못한 내 모습, 나만 모르는 나, 그런 건 항상 남이 깨우쳐준다. 구미가 당기는 과일이 없어 도로 나온다. 어깨엔 도서관에 반납할 책이 한 짐이다.

아직 도서관에 갈 마음이 없다. 마스크 안에서 호흡을 쌕쌕이며 전진한다. 개나리, 진달래, 목련, 벚꽃 순으로 피어난 꽃들. 아직 꽃 피지 않은 벚나무가 더 많지만 머지않아 죄다 필 것이다. 어쩌지? 저것들이 다 피면 어쩌나? 어쩌긴 뭘 어쩐단 말인가! 아아, 감탄하겠지. 꽃이 우르르 피어나면 그 황홀함을 감당하지 못할까봐, 좋으면서도 조바심치는 건 내 취미다. 목련나무 앞에 멈춰 선다. 겨우내 이 나무가 목련나무인 줄 모르고 지나다녔다. 언제 이 뾰족하고 부드러운 것이 돋아난 걸까?

아직 도서관에 갈 마음이 없다. 동네 카페 '식물도감'에 들어간다. 커피맛과 주인 마음씨가 일품인 곳이다. 커피를 주문하고 주인 아주머니와 수다를 떨면서, 새로 들어온 봄옷과 리넨 소품을 구경한다. 살 마음은 없었는데(정말?) 짙은 초록색 리넨 셔츠와 행주를 사기로 한다.

커피와 새로 산 셔츠와 책 보따리를 끌어안고 도서관으로 향한다. 예닐곱 살 즈음 되어 보이는 아이들이 도서관에서 우르르 몰려나온다. 마스크를 쓴 아이가 대부분이지만 몇몇은 손으로 코와 입을 막고 횡단보도를 향해 걸어간다. 저 아이들에게 봄은 미세먼지와 황사로 기억될 것이다. 문득 서늘하다.

도서관에도 단골이 있다. 자주 보던 사람들이 앉아 있다. 낯은 익지만, 그 밖의 것은 서로 모르는 사람들. 눈이 마주쳐도 인사하지 않고, '저이가 또 왔군' 가만히 생각하는 사람들. 태평한 자세로 한 자리씩 차지하고는 읽거나 끼적이거나 끔뻑끔뻑 조는 사람들. 나도 그중 하나다. 자리에 앉아 시집을 읽는다.

> 모든 나무가 지구라는 둥근 과녁을 향해 날아든 신의 화살이었다 해도
>
> —신용목, 「절반만 말해진 거짓」
> 『누군가가 누군가를 부르면 내가 돌아보았다』(창비, 2017)에서

이 구절에서 진심으로 놀란다. 어떻게 이런 생각을? 감탄하기 위해 읽는 것이 시다!

창밖을 보니 미세먼지를 뒤집어쓴 신의 화살들이 비스듬히 서 있다. 지구가 한 덩이 사과라면 저 나무는 신의 화살이고, 나는 소풍을 가지 못해 시무룩한 얼굴로 시를 읽고 있는 미세먼지다. 그렇다. 지구 입장에선 나도 미세먼지다.

집으로 돌아가는 길, 그 슈퍼에서 청송 사과를 한 봉지 산다. 청송은 여기서 얼마나 먼가? 예전에 누가 나보고 청송 사람 아니냐고 끈질기게 물었는데(아니라고 해도!), 그이는 잘 있나? 청송 사람

은 어떤 사람인 걸까?

목련나무는 여전히 그 자리를 지키고 있다. 개나리도 개나리대로 하루치 봄을 사는 중이다. 오늘은 내 하루치 봄날이다.

호락호락하지 않은 발전

"나 여행 안 갈래."

"그러든가, 그럼."

여행 날 아침 사소한 일로 남편과 다퉜다. 그는 강연차 혼자 대구로 떠났다. 원래 같이 대구에 들른 후 경주 여행을 하기로 했는데 그렇게 됐다. 싸움은 스파크다. 부지불식간에 불꽃처럼 일어난다. 그는 같이 가자고 더 청하지 않았고, 나는 고요한 얼굴로 짐을 끌렀다. 예약한 숙소의 주소를 종이에 적어 그에게 건넸다. 묵묵히 받아 나서는 남편. 치, 어쩌면 나는 쌀쌀함과 결혼했는지도 몰라.

사랑은 유리보다 약하다. 나 때문에 당신 때문에, 그도 아니면 울퉁불퉁한 바닥 때문에, 지나가는 고양이 때문에, 떨어지는 꽃잎 때문에라도 깨질 수 있다. 이십대의 나라면 울었을까? 자기연민에 빠져 방에 틀어박혔을지도 모른다. 그러나 오늘의 나는 더이상 무르지 않다. 나는 발레복을 챙겨 서울로 나갔다. 쿠폰제로 운영하는 교습소에 가서 구십 분 동안 발레 수업에 참여했다. 땀을 많이 흘리니 어깨는 가볍고 다리는 뻐근해졌다. 운동은 수련이다. 어제보다 조금 나아지기 위해, 매일 같은 동작을 반복하는 것. 그런 게 좋다. 이제 그런 것만 믿는다. 호락호락하지 않은 발전.

가벼운 몸으로 카페에 가 책을 읽고 메일로 일을 처리하고, 시를 썼다. 연재하는 산문 두 편의 게재를 확인하고, 집으로 돌아와 짐을 챙겼다. 내겐 여행을 할 수 있는 건강한 몸과 시간, 약간의 돈이 있다. 떠나지 못할 이유가 뭐람? 식탁에 초콜릿을 올려두고, 메모를 남겼다. "며칠, 여행 가요. 각자 초콜릿 같은 시간 보내요." 집에 돌아온 그가 걱정하지 않도록 메모까지 남기다니, 너그러운 내가 마음에 들었다.(미쳐가나?)

군산의 숙소는 사진과 많이 달랐다. 별로 앉아 있고 싶지 않아 지도를 챙겨 나왔다. 군산에서 가장 오래된 빵집 '이성당'을 랜드마크로 삼아 걷기로 했다. 하지만 번화한 거리는커녕 사람도 잘 지나다니지 않는 휑한 길만 나왔다.(스마트폰을 잠시 사용하지 않던 때라 난감했다.) 마침 양손에 짐을 든 남자가 보여 이성당 빵집이 어디냐고 물었는데 돌아선 그의 눈을 보고 흠칫 놀랐다. 술이 가득찬 눈.

눈빛이 아니라 술빛인 눈. 알코올중독자가 틀림없다. 술기운을 떨어뜨리지 않기 위해 '계속' 마시는 자의 몸에서 나는 냄새. 그는 의외로 순해 보였다. 사실 피하고 싶었지만, 그쪽으로 간다며 따라오라는 그의 선의를 거절할 수 없었다. 어떤 사람은 늘 취해 있을 수밖에 없다는 것을, 그런 인생도 있음을 이제 안다.

그는 나보다 세 걸음 앞서 걸었고 이따금 내가 잘 따라오는지 확인했다. 그때마다 술냄새가 진동했다. "지금 이성당엔 사람이 많을 거예요." 반 이상은 문을 닫은 상가 골목을 한참 걸었다. "이곳이 예전에는 아주 번화한 곳이었는데, 지금은 구도심이 되어서……" 그는 무언가 설명해주고 싶어했다. 나는 어쩌다 이 낯선 거리에서, 앞으로 평생 술을 끊기 어려울 사람의 등을 보며 걷고 있는 걸까. 그가 사거리에서 걸음을 멈췄다. "여기서 우회전을 해 신호등이 나오면 길 건너 좌측을 봐요, 이성당이 보일 거예요." 나는 허리를 굽혀 곡진히 인사했다. 감사하는 마음 뒤, 그의 안녕을 바라는 마음이 더 컸다.

그의 말대로 사람들이 길게 줄을 선 이성당이 보였다. 그곳을 기점으로 옛날 일본식 가옥이 있는 거리를 찾아 걸었다. 저녁이 순하게 내려와 있는 낯선 도시. 얽히고설킨 전깃줄을 올려다보며 중얼거렸다. 사는 게 뭘까. 사는 게 뭐지.

창이 크게 난 카페가 보여 들어갔다. 공책에 떠오르는 생각을 끼적이고, 멍하니 창밖을 보았다. 문득 이 낯선 도시에 혼자 있는 스스로가 마음에 들었다. 당신과 싸운 후 차곡차곡 빨래를 개듯 할일을 하고, 감정에 휘말려 몸에 행패부리지 않고(감정은 때로 몸을 얼마나 혹사시키는지), 짐을 싸 여행을 떠나온 게 마음에 들었다. 기차역 서점에서 산 김영하의 『여행의 이유』를 반 넘게 읽었는데, 좋았다. 그조차 마음에 들었다. 무엇보다 혼자 걷고, 현재를 부정하지 않는 스스로가 좋았다. 나를 좋아하는 데 사십 년이나 걸리다니! 그조차 마음에 들었다. 마음이 풀리지 않았는데 억지로 '둘이' 예정된 여행을 떠났다면, 이런 긍정에는 다다르지 못했을지 모른다. 둘이 되지 못해 안달인 시간이 있는가 하면 혼자이지 못해 누추해지는 시간도 있다. 인간에겐 햇빛, 음식, 타인의 사랑만큼이나 '혼자인 시간' 역시 필요한 법. 지금 당신도 멀리서, 나처럼 혼자일 거라 생각하니 그조차 마음에 들었다. 아무리 좋아도 오래 붙어 있다보면 종종 상대의 빛을 보지 못한다. 혼자일 때 빛날 수 있어야 한다. 다시 둘이 될 때, 내 빛남으로 당신을 돌볼 수 있도록. 그 반대가 되어선 곤란하다.

이 글은 창문이 큰 군산 카페에 앉아 썼다. 그조차 마음에 든다. 저녁이 밤으로 몸피를 바꾸는 것을 지켜보면서. 혼자의 충만함을 느끼며. 멀리서 당신 역시 혼자 빛나고 있을 것을 상상하면서. 비로소 그리워하면서. 호락호락하지 않은 발전이다. 이제, 숙소로 돌아가야 한다.

진딧물은 어디에서 오는가

활짝 꽃 핀 명자나무를 본 적 있는가? 불붙은 꽃다발처럼, 황홀하다. 동백이 영롱하고 벚꽃은 화사하다면, 명자나무는 분방하게 아름답다. 말괄량이처럼 뛰어다니며 피는 꽃 같달까. 내가 다니던 대학 교정은 자그마했는데, 봄에 꽃이 피면 볼만했다. 그중 커다란 명자나무 한 그루는 유독 빛났다. 근처에 명자나무 볼 곳이 없어 서운하던 차에 인터넷으로 명자나무 분재를 살 수 있었다. 살아 있는 나무를 택배로 받는다는 게 믿기지 않아 화원 주인과 직접 통화해보았다. 오는 도중에 죽지 않을까 물었더니 절대 죽지 않는단다. 믿어보기로 하고 이렇게 당부했다. "꽃이 다 핀 건 싫어요. 봉오리가 많이 맺힌 애, 천천히 기다릴 수 있는 애로 보내주세요." 주인은 내 말투를 이어받았다. "네. 봉오리 많은 애, 예쁜 애로 보내드릴게요." 모르는 사람과 뭔가 은밀한 거래를 한 듯 두근거렸다.

꽃 화분을 택배로 받을 수 있는 세상이라니! 이걸 우리 할머니가 보고 돌아가셨어야 하는데. 상자를 열자마자 “명자씨! 명자씨!” 외치며 화분 주위를 뛰어다녔다. 꽃송이가 많이 달린 ‘예쁜 애’였다. 그런데 봉오리가 많지 않았다. 그 사람 거짓말쟁이 아냐? 스티로폼을 치우는데, 바닥에 명자나무 봉오리들이 우수수 떨어져 있었다. 아까워라! 이걸 어떡하누! 할머니처럼 구시렁구시렁하며 떨어진 봉오리들에게 미안하다고 속삭였다. 떨어진 놈들을 주워 돌절구에 넣고 물을 부었다. 며칠은 살 수 있도록.

환한 기분은 오래가지 못했다. 꽃이 생각보다 쉬이 졌고, 이파리는 시들했다. 고개를 갸웃거리며 지나치길 몇 날. 잎이 너무 처진 것 같아 자세히 들여다보았다. 이럴 수가. 진딧물들이 진을 치고 있었다.

“야, 너희들 정말 양심이 있어, 없어? 응? 이렇게 예쁜 명자나무에! 다닥다닥 붙어서! 응? 이 양심도 없는 것들아! 너네 다 죽었어.”

성난 파리처럼 파닥이던 스스로를 돌이켜보니, 부끄럽다. 그 순간만큼은 진딧물이 파렴치하다고 느꼈지만, 진딧물에게 무슨 양심이 있겠는가? 나는 진딧물 퇴치약을 찾아 분사했다. 사흘 정도 뿌려주니 이파리가 되살아났다. 이주일 뒤 다시 명자나무가 시들해서 보니, 진딧물이 또 퍼진 게 아닌가. 그것도 새로 돋은 연한 잎에만 집중 포진! 왜 자꾸 진딧물이 생기는 거지? 그것도 명자나무에만. 애초에 명자나무가 올 때 진딧물이 함께 온 건가? 그럼 그 화원에서는 주문하지도 않은 진딧물까지 배송한 거야?

오후에 동네 꽃집에 들렀다. 주인에게 상황을 설명한 뒤 진딧물을 '완전 박멸'할 방법을 물었다. 그는 가루약 두 봉지를 꺼내더니 분무기에 넣고 물에 희석해 뿌리라고, 심드렁하게 말했다.

"전에도 약을 뿌려 없앴거든요. 근데 또 생긴 거예요."

"새싹에 주로 붙어 있죠?"

"네! 연한 잎에만! 얄미워 죽겠어요."

"원래 그래요. 손님도 샐러드 먹을 때 연한 잎이 좋아요, 안 좋아요?"

"뭐…… 연한 잎이 맛있긴 하죠."

"진딧물도 마찬가지죠. 손님 집이 식물 키우기에 좋은 여건이란 뜻이기도 하니, 괜찮아요."

"(괜찮다고?) 아니, 그런데요. 도대체 진딧물은 어디서 오는 거예요? 원래 우리집에 진딧물 같은 건 없었단 말이에요."

"손님, 그럼 감기 바이러스는 어디서 오나요?"

순간 정적. 나는 머리를 긁적였다. 하하하, 그걸 제가 어떻게 알아요? 미소를 지은 채 손질하던 꽃에서 눈을 떼지 않는 주인. 우문현답이다. 도처에 스승이로군. 나쁘다고 모조리 도려낼 수야 없다. 그런 마음을 먹은 내가 오만한 거지. 어쩌면 진딧물의 입장에선 나야말로 양심도 없는 인간일지 모르겠다. 좀 살아보겠다고 잎에 붙었는데, 고래고래 소리지르며 박멸을 부르짖었으니. 나는 진딧물계의 히틀러가 아닌가?

바이러스가 어떻게 오는지, 나쁜 날씨가 어디서 오는지, 나쁜 인간이 어떻게 세상에 '돌아'나는지. 누가 알겠는가. 아무튼 계속, 주시할 거다. 진딧물! 우리 명자씨를 괴롭히면 못쓴다고!

작은 그릇

소소한 걱정이 쌓여 조그만 불행이 된다. 조그만 불행이 모여 묵직한 불행으로 바뀐다. 이것은 다시 커다란 불행이 되고 순식간에, 세상에서 가장 큰 불행으로 변한다. 마음은 변신의 귀재다. 언제라도 모양을 바꾸고, 부피를 늘리고 줄일 수 있다.

내 소소한 걱정거리와 크고 작은 불만을 생각하니 한숨이 나왔다. 마음을 자세히 들여다보겠다고(잔인한 취미) 공책을 펼쳤다. 불안의 원인을 찾고 원하는 일과 원치 않는 일의 세부 항목을 늘어놓으며 남편에 대한 불만까지 적으니 금세 두 페이지가 찼다. 읽어보니 한숨이 나왔다. 이토록 불행한 사람이 바로 나라니! 자기연민으로 가득차 창문을 닫고, 방에 처박혔다.

다음날 오후. 파김치처럼 시든 얼굴을 해서 뉴스를 보던 나는 입을 다물지 못했다. 우리나라에서 제일 큰 항공회사의 딸들 이야기다. 큰딸은 승무원이 땅콩 껍질을 까주지 않는다고, 이미 출발한 비행기를 회항시키며 여의주를 잃은 용처럼 분노했다(이성계의 위화도 회군만큼이나 인상적이지 않은가!). 작은딸은 광고대행사 직원의 행동이 마음에 들지 않는다고 음료를 끼얹으며 길길이 날뛰었다. 음성파일을 들어보니, 세상에! 그녀는 '짐승처럼' 울부짖고 있었다. 사람이 언어를 가진 것은 축복이다. 말로 소통할 수 있기에 우리는 상대를 깨물고 할퀴지 않고도 원하는 바를 전할 수 있다. 그녀는 왜 소통하려는 노력 없이 악에 받쳐, 목이 쉬도록 울부짖는단 말인가? 마치 며칠 굶은 사람처럼, 일 년 동안 취미생활을 하지 못한 사람처럼, 삼 년 동안 친구를 사귀지 못한 사람처럼, 평생 사랑받지 못한 사람처럼! 저럴 일이 아닌데, 정말이지 저럴 일이 아니다. 나는 불행한 인간의 전형을 보았다.

텔레비전을 끄고, 남편과 서울 나들이를 갔다. 서점에 가서 다섯 권의 책을 샀다. 미용실에 들러 남편이 머리를 다듬는 모습을 구경했다. 미용사의 가위질에 짧은 머리카락이 우수수 떨어졌다. 유연하게 움직이는 미용사의 자세가 검술인 듯 우아했다. 새로 깎은 풀처럼 산뜻해진 남편과 이파리가 작게 돋아난 나무들을 구경하며 산책했다. 우리는 조그만 돌멩이 둘처럼 씩씩하게, 광화문 일대를 걸었다. 인파에 섞여 걸을 수 있다는 사실이 왠지 좋았다. 익명으로 흔들흔들 걸을 수 있는, 이 평범함이 기뻤다. '갑질'로 유명해진 두 자매 덕분이다. 돈이 많아도, 큰 집에 살아도, 부와 명성을 가진다 해도, 그게 다 무슨 소용이란 말인가? 단언컨대 행복은 가진 것에 비례하지 않는다. 시인 김수영의 말처럼 모래에게 물어볼 일이다. "모래야 나는 얼마큼 작으냐."

외출에서 돌아와, 작은 수술을 마치고 퇴원한 선배에게 안부 전화를 했다. 수술실에 들어가기 직전에 조금도 떨리지 않더라는, '지금 죽어도 여한이 없다'고 생각했다는 선배의 말을 들었다. 힘들지만 일을 하고 돈을 버는 이유가 사랑하는 사람들에게 무언가를 해줄 수 있어서라는 말을 들었다. 부모에게 매달 (적지 않은) 돈을 보낼 수 있어 행복하다는 말을 들었다. 아직은 일이 좋다고, 몸이 상하고 지쳐 있지만 할 수 있는 게 있고 사랑을 줄 수 있어 좋다고 말하는 선배는 속이 비어가는 과일 같았다. 충분히 아름답지만, 자기 안쪽의 빈 방은 생각지 않고 퍼주는 일에 시간을 쓰는 사람. 저 그릇은 너무 커서, 나는 밖에서도 안에서도 끝내 다 볼 수 없을 것이다.

그래, 나는 작은 그릇이다. 작고 작아 아주 조금으로도 금방 채워지는 그릇. 그런데 뭘 그렇게 더 갖겠다고 손해보지 않겠다고 남겨보겠다고 버둥거린 걸까. 잴 공간도 없는데 커다란 자를 가지고 와서 이리 재고 저리 쟀던 걸까. 이제 작은 것만 바라자. 작게 얻어도 충분하고, 잃어도 원래 그릇이 작았으니 크게 잃은 건 없다고, 나를 타일러야지.

문구용 칼을 들고, 방문을 잠갔다. 몰래 치부를 도려내려는 사람처럼 가슴이 뛰었다. 공책을 펼쳐 어제의 투정, 불만, 욕심, 불안, 손해보지 않으려던 삿된 마음을 살살 베어냈다. 다른 페이지가 상하지 않도록 조심해야 했다. 도려낸 페이지를 잘게 찢어 쓰레기통 깊숙한 곳에다 버렸다. 공책 중간에 나무를 벤 자리처럼 삐죽, 그루터기가 생겼다.

G의 얼굴이 좋았다

G가 좋았다. G의 얼굴이 좋았다. 희고 동그란 얼굴에 웃을 때 반달이 되는 눈매가 좋았다. 어떤 삿된 기운도 쉽게 내려앉지 않을 것 같은 맑은 기운이 그녀의 얼굴에 있었다. 무릎까지 내려오는 헐렁한 원피스와 어깨 너머에서 넘실거리는 머리카락은 그녀의 모습에 우아함을 보태주었다. 나보다 몇 살 위일까, 가늠해보기도 했지만 이내 그만두었다. 저런 얼굴이라면, 나이가 뭐가 중요하단 말인가?

G는 작은 액세서리 공방을 운영했다. 처음 봤을 때는 열여덟 살 먹은 늙은 개 '까시'와 함께 있었다. 얼마 뒤 까시가 보이지 않아 안부를 묻자, 떠났다고 했다. 슬픔이 가시지 않은 목소리였지만 눈은 웃고 있었다. 충분히 사랑하다 헤어진 이들이 보여주는 긍정의 얼굴.

G의 공방은 밖에서 보면 꽃집으로 착각할 만큼 식물이 많았다.

작은 화분에 담긴 다양한 식물들이 그녀가 만든 액세서리 사이에 뿌리를 내리고 살고 있는 것처럼 보였다. 공방은 습도와 온도가 알맞아 어느 계절이고 들어가면 쾌적했다. 이따금 G의 공방에 들렀다. 친구에게 선물할 귀걸이를 사거나 내가 직접 할 목걸이나 팔찌를 샀다. 공방에 들어가지 않아도, 그녀의 가게 앞을 지날 때면 저절로 시선이 그쪽을 향했다. 나는 여러 번, 길고양이와 비둘기에게 밥을 챙겨주는 G의 모습을 보았다. 알은체하지 않고 길 건너에서 그녀의 뒷모습을 바라보곤 지나쳤다. 그녀가 거기에 존재한다는 사실만으로 기분이 좋았고, 안심이 됐다.

G와 사적인 이야기를 길게 나누는 일은 없었다. G는 내게 식물을 키우는 법이나 보석을 가공하는 일에 대해 말했고, 나는 동네를 산책한 이야기나 최근에 시작한 운동 이야기를 하는 게 전부였다. 그녀에 대해 아는 게 없었다. 누가 G에 대해 물어보면 머뭇거리다가, 조금 '아는 사람'이라고 대답할 수밖에 없을 것이다.

어느 날 카페에서 G가 한 남자와 이야기하는 것을 보았다. 인사를 하려다 G의 표정이 어두워 다가가지 못했다. 그녀는 화가 난 것처럼 보이기도, 울 것처럼 보이기도 했다. 처음 보는 얼굴인 듯 낯설었다. 나도 모르게 구석자리를 찾아 숨듯이 앉았다. G의 맞은편에 앉은 남자가 누구인지, 애인인지 남편인지 친구인지 일 때문에 만난 사람인지 추측할 수 없었다. 나는 그토록 빛나던 G의 얼굴에도 평범한 사람들처럼 그늘이 드리우고, 미간도 좁아질 수 있다는 것에 조금 놀랐다. 이런 감정을 느끼는 것이 우습다는 것을 알면서도 그랬다. 무언가를 잃어버린 것처럼 허전했다.

그런 날이 있다. 내가 알고 있다고 생각하던 얼굴의 전혀 다른 표정을 보게 되는 날. 잘못한 것이 딱히 없는 것 같은데, 잘못한 것만 같은 날. 공기가 쓸쓸하게 느껴지는 날. 내가 아는 얼굴들, 그리고 나를 아는 얼굴들을 떠올려보게 되는 날. 대관절 아는 얼굴이란 무엇이란 말인가.

때론 잘 알지 못하는 사람에게도 나름의 방식으로 상처를 받는다. 내가 쌓아올리고 내가 무너뜨린 환상 때문에 얻는 상처. 상처라고 할 수도 없는 상처다.

G가 나를 보기 전에 카페에서 나왔다. 허둥대고 있었다. 밖으로 나오자 근원을 알 수 없는 슬픔이 밀려왔다. 이상하게도.

카페에서 〈로망스〉 듣기

음악은 타임머신이다. 언제라도 그것과 익숙하게 닿아 지내던 시절로 데려간다. 순식간에.

기타로 연주하는 〈로망스〉가 흘러나오면, 어느 큼직한 손이 내 뒷덜미를 움켜쥐고 질질 끌고 가는 것 같다. 뒤로 뒤로. 끌려가서 기어이 내가 도착하는 시간과 장소는 스무 해도 전, 지방 소도시의 카페 안이다.

손님이 없는 카페에 네 식구가 앉아 수다를 떨고 있다. 나는 카페 구석에 놓인 기타를 발견하고는 별생각 없이 기타를 배우고 싶다고 얘기한다. 내 말에 젊은 아버지의 눈이 동그래진다. 아버지가 카페 주인에게 허락을 구하고는 어머니와 나(고등학생), 남동생(초등학생)이 앉아 있는 자리로 기타를 들고 온다.

“이 기타는 클래식 기타다. 통기타가 아니야.”

아버지는 초보자들이 처음 연습하는 곡이라며 〈로망스〉를 연주해 보인다. 믿을 수 없이 아름다운 선율이 아버지의 손가락을 통해 흘러나온다. 나는 약간 열이 나갈 만큼 감동하지만, 시큰둥한 척 반응을 보이지 않는다.

얼마 뒤 아버지는 내게 세고비아 통기타를 사줬다. 기타를 배우고 싶다고 말한 건 나지만 그냥 해본 말이었기에, 정작 기타가 생기자 난감했다. 나는 기타를 만지는 척하다 일주일도 채 안 되어 멀리했고, 기타는 장롱 위에서 먼지를 모으는 그릇으로 전락했다. 아버지는 아쉬워했다.

아버지 장례를 치르고, 얼마 뒤 할아버지도 돌아가셨다. 장지에서 돌아오는 길에 친척들과 식당에 들렀다. 우리는 믿을 수 없을 만큼 많은 양의 고기를 구워먹었다. 슬픔을 밀어내려고 그랬는지, 배가 고파서 그랬는지, 메워지지 않는 허기 때문이었는지 모르겠다. 모두 쌈을 입에 욱여넣으며 씹고 이야기하고 웃다가, 갑자기 울음을 터뜨리기도 했다. "산 사람은 살아야지" "아흔을 넘기셨으니 호상이다" "한우를 배가 터지도록 먹어보는 건 처음이다" "남은 어머니가 걱정이다" 이런 말들이 오갔다. 그때 고모부가 아버지 이야기를 꺼냈다.

"그애 고등학교 때 전자기타 안 사주면 학교 안 가겠다고 해서 내가 사줬잖아."

"학교 가라고 기타를 사줬더니 기타를 들고는 아예 도망가버렸지."

"누가 아니래. 그애 속썩인 거 말로 다 못하지."

"그래도 나는 그애에게 잘했다."

"어려서부터 개는 예쁨을 많이 받았잖아."

전자기타를 안 사주면 학교에 가지 않겠다고 떼를 쓴, 철부지 막내아들을 나는 모른다. 모르던 시절의 아버지를 떠올려보니 아득했다. 아직 삶이 상한 데 없이 싱싱했을 아버지의 학창시절. 학교로 돌아가지 않고, 그길로 밤무대 연주자가 된 어린 아버지. 내게 기타를 사주었을 때, 아버지는 자신의 학창시절 한 페이지를 찢어 기타와 같이 선물한 거였을까?

기타로 연주하는 〈로망스〉가 흘러나오면 언제라도, 내가 질질 끌려갈 것을 안다. 가서 결국 어디에 앉게 될지 안다. 그곳에서는 아직 살아 있는, 젊은 아버지가 식구들을 앉혀놓고 〈로망스〉를 연주할 것이다. 미리 알기에, 음악과 슬픔이 같이 도착한다. 지금도 나는 〈로망스〉를 들으며 질질 끌려가고 있다. 소용없다. 끌려갈 수밖에, 달리 할 수 있는 일이 없다.

봄바람도 구설수에 오를 때가 있다

아랫집 여자 바람난 게 봄바람 때문이라는 설, 옆집 할머니 돌아가신 것도 봄바람 때문이라는 설, 미세먼지 가득한 올봄은 '새봄'이 아니라 '헌 봄'이라는 설…… 봄바람도 구설수에 오를 때가 있다.

얼마 전 시 창작 수업에서 수강생의 시를 읽고 평을 나누는 시간이 있었다. 내 딴에는 쓴 사람의 작품을 대하는 태도부터 짚어봐야 한다고 생각했다. 문제라고 느낀 부분이 안타까워서(안타까움은 대체로 오지랖과 친분이 깊다), 쓸데없이 열과 성을 다해(때로 이게 문제가 된다!), 문제점을 꼼꼼히 이야기했다. 이게 그의 감정을 상하게 했나보다. 다음날 그는 내 말을 곡해해 지인들에게 문자로 성토하고, 자기들끼리 나눈 이야기를 트위터에 올려 내게 공개 사과를 요구했다. 그들은 나를 인성이 나쁘고, 가스라이팅을 행한 시인으로 '판결' 내렸다. 시 쓰는 자의 정체성을 혼란하게 했으니, 당장 사과하라고 아우성이었다. 나는 꿈속의 일인 듯 그냥 바라보았다. '이거 실화냐?' 요새 유행하는 말을 속으로 중얼거려보면서.

반나절도 되지 않아 그는 제풀에 사과 메일을 보냈다. 자신이 혼란스러운 나머지 이성을 잃었노라고, 공론화까지 할 생각은 없었다며 죄송하다 했다. 나도 답장을 썼다. 당신의 오해와 내 오지랖에 대해(그냥 적당히, 감상이나 말할 걸 그랬나) 짚고, 마음이 다쳤다면 미안하다고 사과했다. 사실 그의 무례함과 몰상식함에 분노를 느꼈지만, 혼자 고요히 삭였다.

'대인춘풍對人春風'이란 말이 있다. 다른 사람을 대할 때는 관대하게 하라는 뜻이다. 봄바람처럼 살랑살랑, 역풍이나 전복顚覆 따위는 없는, 순한 말만 할 걸 그랬나? 깃털로 임금님 귀 파드리듯? 당신이 나를 좋아하게 만들려 했다면, 듣기 좋은 이야기만 골라 했을 거다. 어려운 일도 아니다. 누구의 기분도 상하게 하지 않은 채 '무사'할 테니까. 그런데 진정 '무사'를 원하는가? 당신이 내 말에 펄쩍 뛰었다면, 분노와 정체성의 혼란을 느꼈다면 다시 냉철하게 생각해보라고 권하고 싶다. 아픈 건 당연하다. 나를 나무라는 것보다 때로 내 창작물을 나무라는 게 훨씬 쓰라리다. 그러나 돌이켜보면, 나를 앞으로 나아가게 한 것은 칭찬의 말이 아니다. 혼자 눈물 흘리며 머리를 쥐어뜯게 한 말, 이 갈며 분투하게 한 말, 뼈아픈 말, 내 취약함을 까발린 말, 혈을 제대로 짚어 몸을 굳게 만든 말들이 나를 발전하게 했다. 더 나은 사람, 더 나은 창작자로 만들었다. 물론 나는 그의 혈을 제대로 짚지 못하고, 화만 돋우어놓았는지도 모른다. 그러나 화가 났다면, '왜 나는 이렇게 분개하는가?' 생각해 봄직하다. 시를 쓰네 못 쓰네 할 일이 아니다. 누군가의 말 때문에 쓰고 못 쓰고 할 시라면, 안 쓰는 게 낫지 않나?

과녁에 박힌 화살이 꼬리를 흔들고 있다
찬 두부 속을 파고들어가는 뜨거운 미꾸라지처럼
머리통을 과녁판에 묻고 온몸을 흔들고 있다
여전히 멈추지 않은 속도로 나무판 두께를 밀고 있다

—김기택, 「화살」 『울음소리만 놔두고 개는 어디로 갔나』(현대문학, 2018)에서

이 시에서 '화살'을 '말言'로 치환해 읽어본다. 내게서 떠나 과녁에 박힌 말. 죽지도, 도착하지도 않고 상대의 가슴팍에서 여전히 "꼬리를 흔들고" 있는 말. 박히고 있는 중인 말. "온몸을 흔들고" 있는 말. 무서워라! 생각해보니, 그의 무른 마음에서 아직도 내 말言이, 미친 말馬처럼 달리고 있을 것 같아 미안한 맘도 든다. 나쁜 말은 누군가를 상하게 할 요량으로 하는 말이다. 그건 말이 아니라

복수에 지나지 않는다. 그 작품을 두고 내가 한 말이 당신을 상하게 할 요량이었겠냐고, 한숨이나 쉬어본다.

죄란 어느 방향에서 보느냐에 따라 판결이 달라진다. 누군가 듣고 싶지 않은 말을 들었을 때, 그 말을 한 자는 유죄다. 봄의 처지에선 모두가 유죄다. 바람의 처지에선 미세먼지가 유죄다. 미세먼지의 처지에선 공기청정기가 유죄다.

그저 빌어보는 수밖에. 과녁이여, 화살을 뱉어라. 네게 묻은 똥을 버려라.

조용필과 위대한 청춘

비 오는 토요일, 남편과 '조용필 50주년 콘서트'를 보러 갔다. 지인이 VIP석 티켓 두 장을 보내주었다. 버스와 전동차를 여러 번 갈아타고 파주에서 잠실운동장까지 갔다. 쉼없이 내리는 비 탓에 몸도 마음도 꿉꿉했다. 잠실운동장역에 도착했을 땐 무릎 아래와 운동화 앞코가 젖어 있었다. 콘서트를 보러 온 사람들(대부분 중장년층과 머리가 희끗한 어르신들)이 무리를 지어 한 방향으로 걸었다.

무대 앞 '잔디석'은 좋은 자리였지만 내리는 비를 그대로 맞아야 했다. 지붕이 있는 이삼 층 관객들이 오히려 부러웠다. 한 시간이나 일찍 도착한 우리는 우비를 입은 채 빗속에 앉아 있어야 했다. 50주년이고 100주년이고 조용필이고, 그냥 돌아가자고 말하고 싶었다. 둘러보니 비에 젖은 생쥐처럼 시무룩한 표정을 한 사람은 나뿐이었다. 삼삼오오 모인 사람들은 우비를 뒤집어쓴 서로의 모습을 보며 사진을 찍고 깔깔대며 신나 보였다. 나도 저들처럼 신나고 싶었다. 그러나 나는 저이들만큼 '열성'으로 조용필을 좋아한다고 할 수 없고, 내 돈을 지불하고 이곳에 온 게 아니었기에 신나지 않았다. 춥고 배고프고 축축했다. 목욕탕에 오래 있었던 것처럼 손끝이 쭈글쭈글해졌다. 카페에 가서 몸을 말리며 따뜻한 커피를 좀 마시면 좋을 텐데, 생각하며 옆을 보자 우비를 뒤집어쓴 남편 역시 시무룩해 보였다. 그때 우리는 '그냥 가자'는 얘기를 누가 먼저 꺼낼까봐 두려웠던 것 같다. 별 얘기도 없이 빗속에 오도카니 앉아 있었다(나중에 물어보니 남편 역시 돌아가고 싶은 마음이었단다).

오프닝 무대로 '세븐틴'이 나왔다. 펄펄 나는 아이돌의 무대를 보고 열광하는 대신 '저이들 저렇게 노래하고 춤추기 위해 연습을 얼마나 많이 했을까' 하는 생각이 들었다. 세븐틴이 유명한 아이돌인가를 두고 여기저기서 수군댔다. 모르긴 나도 마찬가지. 입장할 때만 해도 공연을 보러 온 어르신들과 나는 다르다고, 나는 '최연소' 관객 무리에 들어갈 거라며 내심 허세를 부렸는데 다를 것도 없었다. 세븐틴 팬들에겐 미안하지만 열화와 같은 환호성은 없었다. 격려의 박수와 기다림(조용필을!)의 열기 속, 다정한 호응이 있을 뿐이었다. 내리던 비가 하늘로 올라갈 정도로 큰 함성은 조용필의 등장과 함께 터져나왔다. 조용필이 나오자 시큰둥해 있던, 비 맞은 생쥐 둘(나와 남편)도 사라졌다. 화려한 조명과 밴드 '위대한 탄생'이 만드는 음향, 그리고 조용필의 카리스마가 객석을 압도했다. 아이돌에 환호하는 십대 팬들 못지않게 모두 열광했다. 사만 오천 명이 빗속에서 조용필의 노래를 함께 불렀다. 앉거나 서서, 각자 자기 방식대로 춤을 췄다. 화장실 갈 때 보니, 나이가 어린 자원봉사자들도 음악에 맞춰 춤을 추고 있었다. 빗속의 축제였다! 노래가 이런 거구나, 세대를 아우른다는 말이 이런 거구나! 그때 내가 한 생각은 우습게도 '아, 나는 자라서 조용필이 되고 싶다!'였다. 정말 그랬다.

"너를 마지막으로 나의 청춘은 끝이 났다."

〈Q〉의 첫 구절이 나오자 모두 함성을 질렀다. 다들 '내 노래'가 나왔다고 아우성이었다. 합창(요새 '떼창'이라고들 하는)이 가능한 노래를 수십 곡이나 가진 가수의 마음은 어떨까? 〈Q〉는 내게도 추억이 있는, '내 노래'다. 대학 시절 문학에 대한 열정이 남달랐던 친구 A가 떠오르는 노래. 나는 A와 많은 시간을 보내며 문학 이야기를 했다. 아침 일곱시에 그녀를 만나러 간 적도 있었다. A가 자취하는 반지하방에 앉아 밀란 쿤데라, 괴테, 줄리언 반스의 소설을 읽고 토론하며, 서로의 창작시를 비평했다. 우리는 자주 다퉜는데 그만큼 서로에게 치열했다. 논쟁이 끝나면 양파를 듬뿍 넣고 라면을 끓여먹었다. 가끔 그녀의 카세트테이프로 조용필 노래를 듣고 따라 부르기도 했다. 〈고추잠자리〉 〈킬리만자로의 표범〉 〈Q〉를 그녀에게 배웠다. 그 작은 방에서, 우리는 스물셋이었다. 벽에 기대 앉아 목이 터져라 부르던 노래가 〈Q〉다.

"사—랑, 눈 감으면 모르리.
사—랑, 돌아서면 잊으리.
사—랑, 내 오늘은 울지만 다시는 울지 않겠다."

콘서트장에서 우비를 뒤집어쓴 사람들에 둘러싸여 이 노래를 같이, 또 혼자 부르고 있으니 기분이 묘했다. 옆을 보니 내리는 비에 콧등이 다 젖은 남편도 우렁찬 목소리로 따라 부르고 있었다. 저이에게도 '눈 감으면 모르고, 돌아서면 잊을' 사랑이, 나 모르는 사랑이, 모르는 청춘이, 모르는 고뇌가 있었겠지. 다 알기도 두려운, 지나간 것들. 우리뿐이겠는가. 사만 오천 명의 사람들도 각자의 빛나던 때를 떠올리며 노래를 불렀을 것이다. 조용필 노래엔 청춘이 묻어 있다. 그게 조용필의 힘이다.

A와는 연락이 끊긴 지 오래다. 그때 우리는 우리가 청춘의 한복판에 있음을 몰랐다. 우리는 얼마나 뾰족하고 빛났던가.

청춘은 별안간 끝난다. 끝이 난 줄 모르고 있다가 어느 날 조용필 콘서트장에서 문득, 펄펄 날아다니는 아이돌을 바라보다 문득, 비 맞은 관객들 중 한 명으로 파묻혀 노래를 부르다 문득, 올봄에는 모란·작약 한 번을 못 봤다고 고개를 수그리다 문득, 가스레인지에 라면 물을 올리다 문득, 끝이 난 것을 안다.

그게 누구의 봄이든 봄날은 간다. 그리고 이따금 노래에 실려, 돌아온다.

믿을 수 없는 일을 믿지 않기

술자리에서 그는 진지했다. 그리고 웃겼다. 진지하다가 웃기고 웃기다가 진지했다. 그는 극 연출을 하는 사람, 극본을 쓰는 사람, 몸을 사용해 무대를 거니는 사람이었다. 셋 중 두 가지는 나도 경험해봤으므로 우리는 잘 통했다. 독일 무용가 피나 바우쉬에 관해 대화할 때는 특히 좋았다. 나는 피나 바우쉬 때문에 취미 발레를 배우기 시작한 사람이고, 그는 피나 바우쉬에게 편지를 보내 답장을 받아본 사람이었기에 대화가 즐거웠다. 우리는 예술가를 지원하는 레지던스에 입주한 작가로 만나 석 달 동안 '천천히, 그리고 꼼꼼히' 친해졌다. 군인들처럼 같은 시간에 모여 밥을 먹었다. 산책을 하고 이따금 맥주를 나눠 마셨다. 술에 취해 기분이 한껏 좋을 때면 나는 다리 찢기(스트레칭)를 보여주기도 했다(이것은 내가 홍청망청 취했을 때, 좋아하는 친구들 앞에서 하는 행동이기도 하다). 이것

봐요, 어때요? 일자로 찢어졌나요? 잘하죠? 지금 생각하면 취한 내 꼴이 얼마나 우스워 보였을지 낯이 뜨거워지지만 그는 '진지하게' 잘한다고, 아주 잘한다고 말해주었다. 그곳에서 만난 시인, 소설가, 동화작가, 번역가, 극작가, 만화가 들과 친분을 나누는 일은 마냥 재미있었다. 나는 그들과 우정을 나누는 틈틈이 산문집 『소란』의 초고를 썼다.

석 달은 금세 지나갔다. 그들과 헤어져 집으로 돌아온 후 그곳에서 쓴 원고를 출판사에 넘겼고 몇 달 뒤 책을 냈다. 어느 날 레지던스에서 함께 지내던 작가가 그에 대한 소식을 전해왔다. 나쁜 소식이었다. 그가 우리와 함께했던 작가 중 한 명에게 나쁜 짓을 했다는 얘기였다. 믿어지지 않는 이야기였다. 레지던스에서 퇴소한 후 나는 그와 거의 연락하지 못했지만, 곧 올린다는 공연을 보러 가기로 약속해놓은 상태였다. 머릿속이 복잡한 상태로 그가 연출한 공연을 관람했고 어색하게 인사했다. 서로의 눈빛에서 의혹과 괴로움, 불안을 읽었을까? 그 공연을 마지막으로 우리는 보지 못했다.

그에 대한 얘기를 들었을 때 나는 두려웠다. 그가 그토록 어둡고 위험한 사람이라는 것을 알게 될까봐, 혹은 알지 못하게 될까봐 두려웠다. 사람이 사람을 안다는 게 불가능한 일로 느껴졌다. 인간의 좋고 나쁨을 가르는 척도는 무엇일까? 보지 못한 것을 믿어도 될까? 들은 것을 듣지 못한 사람에게 전하는 과정에서 '진실'이 있다면, 진실은 어느 정도 훼손되는 걸까? 죄가 있다면 그 죄는 어느 정도 온전한 걸까?

그를 생각하면 아직도 울고 싶어진다. 내겐 언제나 좋았지만, 누군가에겐 폭력적이었다는 사람. 그는 내게 절하는 법을 알려주었다. 무릎을 꿇고 머리를 숙이고 양손을 머리 위로 올리는 동작을 직접 보여주었다. 자신의 용기 없음으로 깨진 사랑을 고백하기도 했다. 레지던스에서 며칠씩 방문을 걸어 잠그고 묵언수행을 하고, 산책길에 농담을 던지고, 퇴소하는 날(그는 며칠 일찍 퇴소했다) 남은 이들을 위해 작은 선물을 남겨놓고 아무도 보지 않는 새벽에 떠났다. 그를 수도승 같다고 생각했다.

한 사람 안에는 많은 것이 들어 있다. 맑음, 정의, 선의, 동정, 바름도 있지만 욕망, 악의, 질투, 폭력성, 치졸함, 비겁함, 두려움도 '같이' 있다. 어느 정도는 우리 모두 가지고 있는 것들이다. 아직도 나는 그가 누구인지 모른다. 다만 믿어지지 않는 일을 믿지 않을 자유가 내게 있을지도 모른다고 겨우 생각할 뿐. 믿을 수 없는 일을 믿지 않기로 하고, 지금까지 종종 앓을 뿐이다. 앓는 이유도 모르면서. 믿음은 얼마간 어리석어서, '거짓까지' 믿는 일인지도 모르겠다.

호두 세 알, 초코쿠키 한 개

"난 있잖아. 육 년 동안 한 번도 감기에 안 걸렸어. 열나는 게 뭔지 기억도 안 난다니까. 하하하!"

이거야말로 복에 겨운 자의 주책이니, 얼마 전 사람들 앞에서 주책을 떤 이가 바로 나다. 사람이 평생 조심해야 할 두 가지, 자기 건강을 과신하는 일과 가벼운 언행이다. 이를 우습게 여기다 큰코다친 걸까? 지금 나는 감기에 된통 걸렸다. 개도 안 걸린다는 오뉴월 감기에!

문제는 며칠 전, 선배의 차 안에서 일어났다. 선배와 같이 갈 데가 있어 이동중이었다. 갑자기 내 코를 습격한 게 있으니, '칙' 소리와 함께 분사된 선배의 향수다! 순간 '향기 나는 칼'을 삼킨 것처럼 목이 아팠다. 밀폐된 차 안에 사람 셋이 있었는데, 유독 나만 민감하게 반응했다. 호흡기로 들어온 향수 입자는 목구멍에 안착해

좀처럼 나가지 않더니, 그날 하루 내가 다닌 곳—어느 대학 강의실, 떡볶이 가게, 미술 전시회, 동네로 이사한 작가의 집—을 한사코 따라다녔다. 틈이 날 때마다 침을 뱉고 코를 풀며 야단이었지만, 목 안의 이물감과 통증은 사라지지 않았다. 밤이 되자 눈물, 콧물, 미열, 두통이 시작되었다. 그때만 해도 이것은 '향수'가 가져다준 독성일 뿐, 감기는 아니라고 믿었다. 다음날. 목 주변에 열꽃이 피고, 콧물, 눈물, 가래, 근육통이 심해졌다. 육 년 동안 안 걸렸다고 자랑하더니, 결국 걸린 것이다!

꼬박 열여섯 시간을 침대에서 앓던 나는 겨우 몸을 일으켰다. 할일이 쌓여 있었지만 일하기엔 무리였다. 뭘 먹어도 종이를 씹는 것 같고 기운이 없었다. 몸무게가 1.3킬로그램 빠졌다. 초췌한 몰골로 이 년 전 쓰다 덮어둔 '행복일기' 공책을 펼쳐 보았다. 당시 우울하고 염세적인 인간이 되어가는 것 같아, 행복한 순간을 매일 기록해보자고 만든 공책이다. 지나간 행복, 뭐가 있었을까.

—호두 세 알, 초코쿠키 한 개, 헬싱키 벼룩시장에서 사온 컵에 가득 담긴 커피.

—일요일 오후. 자투리 채소로 볶음밥을 만들어 먹고, 남편은 낮잠. 나는 책상 정리를 하고 복숭아 한 알을 먹으며 독서중이다. 평화란 오늘 오후와 같은 시공간을 의미하는 걸까.

—비 온다. 비는 신기루다. 하늘이 가끔 놓치는, 놓쳐서 아래로 떨어뜨리는…… 비 오는 날, 비를 맞는 일은 신기루를 맞는 일. 행운이다.

—동생을 만났다. 같은 피가 흐르는 사람을 앞에 두고 두런두런 이야기를 나누는 것.

—아욱국을 끓이는 가을 아침. 근사한 삶이란 생각.

—K 선생님 부부와 일산에서 점심을 먹었다. 여든의 고아한 미소를 간직한 사모님께 분홍 수국 한 다발을 드렸다. 좋아하시는 모습! 나이든 분께 꽃을 드리는 일, 정말 행복하다.

공책을 살펴보니 무람하게도, 행복이 죄다 자그마한 일들이란 걸 깨달았다. 일상에서 언제라도, 누구와라도 누릴 수 있는 것들. 소소하고 평범한 일들. 별일 없이 잠자리에 들고, 별일 없이 침대를 정돈하는 아침. 계절을 겪고, 지금 가진 것에 감사하는 일이란 것임을 알게 되었다. 시인 블레이크는 이렇게 말했다.

나는 지상의 명성을 누리는 것이 달갑지 않다. 인간이 누리는 세속적인 영광은 무엇이든 그 크기만큼 영적인 영광을 손상시키기 때문이다. 나는 이익을 위해서는 아무것도 하지 않기를 소망한다. 나는 오직 예술을 위해 살기를 소망한다. 그러므로 바라는 게 없다. 나는 아주 행복하다.

—브렌다 유랜드, 『글을 쓰고 싶다면』
(이경숙 옮김, 엑스북스, 2016)에서 재인용

결국 행복은 '바라는 게 없는 상태'다. 소소한 창작에 몰두하거나 고요한 내면을 돌보기 위해 시선을 자기 내부로 돌리는 일이다. 우리는 작은 행복을 잊고 살다, 일상이 비틀어질 때에야 비로소 '진짜 행복'을 생각해보는지도 모른다. 평생 '큰 행복'을 찾아 헤매는지도 모른다. 그런 건 없다. 큰 행복이란 것. 행복에게 덩치가 있다면 분명 아주 작을 것이다! 눈 밝은 사람만 찾을 수 있을 만큼.

바라는 게 없는 사람은 꿈과 희망이 없는 사람이 아니다. 당신에게, 세상에게 바라는 게 없는 사람이다. 바란다면 오직 스스로에게만, '신실하게' 바랄 것. 무엇보다 행복은 '바라기'보단 '찾기'에 가깝다. 찾아내고 감사하기. 이 지독한 감기에서 놓여나면, 다시 행복일기를 써야겠다. 매일매일 쓸 테다. 우선 콧물을 흘리지 않는다고, 열이 나지 않아 행복하다고 써야지.

여름비

목숨 걸고 구경하지 않을 자유

베를린에 온 지 열이틀째. 어쩌면 가장 사치스러운 여름을 보내고 있는지도 모르겠다. 여행지에서 목숨 걸고 구경하지 않을 자유를 추구한다는 면에서. 무얼 해야 한다는 강박에 사로잡혀 허둥대긴 싫었다. 내가 원한 것은 단 하나, 모든 것에서 자유롭게 놓여나는 것이었다. 그리고 '거의' 성공했다.

나는 이곳에서 자극적이지 않은 음식을 찾아 먹고(저녁은 대개 생략), 적게 움직이고, 아주 많이 잤다. 아무것도 하지 않거나 침대에 누워 창밖을 바라보았다. 바람에 나뭇잎이 흔들리는 풍경을 질릴 때까지 보았다. 심심하면 책을 읽었다(자주 심심해서, 책을 많이 읽었다). 땡볕 더위를 피해 잠깐잠깐 걸었다. 자수정 귀걸이 한 쌍, 미국 작가의 사진집 한 권, 다홍색 원피스 한 벌을 샀을 뿐 쇼핑도 거의 하지 않았다. 딱히 살 게 없었다. 베를린의 명소, 박물관, 유명한 거리, 꼭 가봐야 한다는 식당에는 하나도 가지 않았다. 지하철도 버스도 타지 않았다. 열이틀 동안 숙소가 있는 미테Mitte 거리 주변을 떠나지 않았다. 지나다 들른 책방과 공원, 일요일의 벼룩시장 정도가 전부다(마음이 동하면 내일 즈음, 동물원에는 가볼 생각이다). 잠을 너무 자서 저절로 눈이 떠진 새벽엔 창밖에서 들리는 '부에나 비스타 소셜 클럽' 음악에 귀기울이며 글을 썼다. 화이트와인 한 병을 닷새 동안 조금씩 나눠 마셨다. 얼굴이 불콰해지면 책을 좀 읽다 다시 잤다. 잠에서 깨면 등을 둥글게 말고 시를 쓰는 남편의 뒷모습이 보였다(그는 시를 여러 편 쓰고, '창피하게도' 이따금 공원에서 이상한 춤을 추고, 나만큼이나 많이 잤다).

특별한 일을 하지 않으니 피로할 일이 없었다. 조금이라도 피로하면 바로 호텔로 돌아와 서너 시간씩 낮잠을 잤다. 밤이 되면 또 잤고, 새벽에 잠깐 책을 읽다 또 잤다. 그동안의 피로가 복수라도 하듯 잠이 밀려왔다.

한낮에는 기온이 34도까지 올랐지만 그늘에 들어가면 시원했다. 에어컨은커녕 선풍기를 틀어놓은 곳도 거의 없었다. 어떤 곳도 지나치게 덥거나 춥지 않았다. 윤리적인 여름, 양심이 있는 여름이랄까. 한국은 냉방이 잘되는 곳이 많지만 내겐 늘 너무 덥거나, 너무 추웠다(잡히지 않는 현상수배범처럼 악명만 높아진 내 조국의 여름이여).

오후엔 슬렁슬렁 공원에 나가 키 큰 나무들 곁에서 물놀이하는 아이들을 구경했다. 이토록 거대한 부채가 또 있을까, 나무를 보며 생각했다. 바람을 일으키고 나르는 이파리들, 빛의 거름망인 나무들이 좋았다. 나무는 종일 아무것도 하지 않는다. 아무것도 하지 않은 채로 빛을 쬐고 바람을 맞는다. 아무것도 하지 않은 채로 비를 맞고 꽃 피길 원하는 봉오리에겐 열릴 자유를 준다. 나무는 한 곳에서 가만히, 모든 것을 한다.

물놀이하는 아이들은 자유로워 보였다. 여자아이든 남자아이든 발가벗은 채 공원을 뛰어다녔다(꽤 큰 여자아이들도 맨몸으로 자유분방하게 뛰어놀게 하는 것, 그것을 이상하다고 생각하지 않는 시선이 부러웠다). 사람이 자연과 가장 비슷한 시기가 있다면 유년시절일 것이다. 아이는 누가 가르쳐주지 않아도 노는 법을 알고, 아무것도 안 하고 있어도 불안해하지 않는다. 아이는 책을 읽거나 글을 쓰거나 요리를 하거나 청소를 하거나 누군가를 만나서 중요한 사업을 도모하거나 칼로리를 소모하려 부러 운동을 하거나 택시를 잡아타고 어딘가로 가지 않는다. 아이에겐 꼭 해야 할 일도, 하지 말아야 할 일도 없다.

별다른 것을 하지 않고 좋은 곳을 찾아다니지도 않았는데, 베를린에서의 시간은 이상할 정도로 만족스러웠다. 어쩌면 우리는 '아무것도 하지 않을 자유'를 얻기 위해(내 의지대로 시간을 쓰기 위해) 평생을 전전긍긍하며 사는 게 아닐까? 특별한 일이나 생산적인 일을 하지 않는 것, 그것은 무엇을 얻지 않아도 상관없다는 뜻이다. 용기이며 선택이다. 사람들이 '아무것도 하지 않는 것'을 견디지 못하는 건 두려움 때문이다. 잃을 것과 얻을 것 사이에서 시소를 타며, 이 시소에서 내려오기를 겁내기 때문이다.

사흘 뒤엔 한국에 있을 것이다. 다시 일상으로 돌아가 요리하고 청소하고 일할 것이다. 아마도 무언가를 잘하려고 애쓸 것이다. 마감일마다 허덕이며 써야 할 원고와 씨름할 것이다. 달라지는 건 없겠지만 완전히 똑같은 것도 없으리라. 시간은 어떤 식으로든 내 몸에 스미니까.

창밖에선 아직도 부에나 비스타 소셜 클럽 음악이 흘러나오고 있다. 누군가는 춤출 것이다. 내가 춤추지 않는 순간에도. 이 음악이 끊기지 않으면 좋겠다.

비 오는 날 발레하기

빗소리에 눈을 뜬다. 커튼을 젖혀 여니 세상은 이미 빗속에 잠겨 있다. 나무들이 머리를 감는 듯 물기를 치렁치렁 매달고 서 있다. 사과와 두유를 먹으며 늑장을 부린다. 시계를 보니 늦을 것 같다. 발레복을 챙겨 후다닥, 집을 나선다. 빗물이 종아리를 때린다. 찰박 찰박. 빗물과 신발이 만나는 소리. 빠른 걸음으로 이십 분 즈음 걸으면 내가 다니는 발레 교습소가 있다.

강습생들은 벌써 스트레칭을 하고 있다. 서둘러 발레 타이즈를 신고 레오타드와 스커트를 입는다. 거울에 발레복을 갖춰 입은 오동통한 여자가 서 있다. 이게 나라고? 맞다. 이게 나다.

뒷자리에 매트를 펴고 수업에 합류한다. 뻣뻣한 팔다리를 늘이고 어깨와 머리통 사이는 가능한 한 멀어지게, 위를 향해 늘이려고 애쓴다. 다리를 벌려 고관절을 풀고 몸통을 비틀어 옆구리를 늘인다. 멀리 가기 전, 몸에 시동을 거는 거다.

발레 바 앞에 서서 본격적인 연습에 들어간다. 선생님이 시범을 보이고 동작의 순서를 말해주면(매일 조금씩 바뀐다), 음악에 맞춰 따라 한다. 허벅지 안쪽 근육을 써서 다리를 구부렸다 펴고, 까치발로 서고, 팔을 길게 뻗아 선반에 올려놓은 듯 들고 있는 동작들. 목은 위에서 누가 뽑으려는 것처럼! 길게 세우려 애쓴다. 팔을 신경 쓰면 배가 풀리고, 배에 힘을 주면 팔이 느슨해지기 일쑤다. 관절을 따로따로 쓰면서, 동시에 유기적으로 움직이는 게 쉽지 않다. 우아하게 하고 싶지만 여유가 없다.

우르르 쾅쾅, 갑자기 벼락이 친다. 굵어진 빗줄기에 나무들이 휘청인다. 누군가 "무서워" 하고 중얼거린다. 말이 끝나기 무섭게 번개가 친다. 클럽 조명처럼 몇 초 동안 번쩍이는 하늘. 거센 빗소리. 세상의 마지막날 같다.

"웬 비가 이렇게 온담. 집에 어떻게 가지?"

요란한 비와 천둥 때문에 연습실 안이 술렁인다. 오전인데 벌써 저녁이 내린 것 같다. 기분이 묘하다. 비가 뛰고 달려, 땅에 처박히는 것처럼 보인다. 별안간 이 순간이 생경하단 생각이 든다.

'이렇게 비가 퍼붓는 날, 파주에서, 나는 왜 발레 연습을 하고 있는 걸까? 하필.'

'하필'이란 말 앞에서 나는 늘 골똘하다. 날씨는 가끔 순간을 생경하게 들여다보게 만드는 거울 역할을 한다. 사람의 생각을 정돈하거나 헤집어 엎지른다. 쨍하게 해가 좋은 날도, 눈이 내리는 날도, 폭풍우가 치는 날도 사람을 불러세우고 지금 여기, 나의 모습을 살피게 만든다.

나를 처음으로 춤추고 싶게 만든 안무가 피나 바우쉬는 연습 시간에 이런 것을 알아내야 한다고 했다. "여러분들이 갓난아기나 아이들에게서 보았는데 여러분 자신은 이미 그것을 잊고 말아서 아쉬운 것. 더이상 없어서 섭섭하다고 생각하는 것, 더이상은 존재하지 않아 아쉬워하는 그런 것"(요헨 슈미트, 『피나 바우쉬』, 이준서 옮김, 을유문화사, 2005)을 알아내야 한다고.

그게 뭘까? 내가 잊고 말아서 존재하지 않는 것으로 만든 것. 많겠지. 너무 많을 것이다. 번개와 비, 어두운 하늘, 잊어버려서 잃어버린 것들로 가득한 지금.

다시 한 손을 바에 올리고 거울을 본다. 빗소리는 여전히 거세다. 음악과 섞이지 않는다. 모두 얼굴을 거울로 향한 채, 뒤통수로는 내리는 비를 주시하는 것 같다. 무지막지한 비다. 비 오는 날 발레라, 나쁘지 않다. 그런데 마음은 왜 술렁이는 걸까? 모두들 동요하고 있을까? 나처럼. 그런데 왜?

"집에 갈 때 차 태워줄게요."

누군가 내게 말하고, 나는 그에게 미소를 보낸다.

여름엔 감자, 여름엔 옥수수

요새 한국 여름은 악명이 높다. 살인적인 날씨, 기록적인 더위, 불구덩이에 휩싸인 듯한 거리! 왜 아니겠는가? 낮에 집에 있으면 파김치처럼 늘어져서는 “미치게 덥군” “아유, 더워 죽겠네”를 번갈아 말하며 탄식한다. 그렇지만 나는, 여름을 사랑한다! 까슬까슬한 이불을 다리 사이에 끼우고 자다, 잠깐 뒤척이기도 하는 여름밤의 선잠이 좋다. 맹렬하게 우는 풀벌레 소리가 좋다. 한낮에 정수리가 녹을 것 같은 기분, 따가운 빛 때문에 눈살이 찌푸려지는 것도 좋다. 살균되는 기분이랄까. 창문을 열었다 닫았다 하고, 선풍기 앞에 고개를 처박고 있는 순간도 좋다. 왜냐고? 나처럼 몸이 냉한 사람에겐 땀을 낼 수 있는 유일한 계절이 여름이니까. 유독 여름을 힘들어하는 사람 앞에선 괜히 못 견디겠단 시늉을 하지만, 하하하! 사실 나는 이 여름이 정말 좋다. 여름엔 또 맛있는 먹거리가 얼마나 많은지!

잘라놓은 수박을 선풍기 앞에서 먹어치우고, 자두 두 개로 입가심을 하는 맛이란! 수박의 단맛과 자두의 단맛은 비슷하면서도 다르다. 수박이 수영장에서 깨무는 얼음설탕 같은 맛이라면, 자두는 계곡에서 쪽쪽 빠는 설탕젤리 같은 맛이다. 둘 다 좋다. 곧 백도와 황도, 여름 잡는 여왕들도 출몰하겠지. 여름은 이들과 함께 무르익을 것이다.

여름 간식으로 빼놓으면 섭섭한 게 '옥수수와 감자'다. 수박과 자두로 채워지지 않는 허기를 자색감자와 찰옥수수로 채우기로 한다. 고구마처럼 색이 붉은 자색감자를 한 알 한 알 씻어 냄비에 넣는다. 소금을 약간 치고 감자가 잠길 정도로 물을 붓는다. 불에 올리고 익을 때까지 기다리면 끝. 간단하다. 감자가 익을 동안 찰옥수수 열 개의 껍질을 벗긴다. 옥수수 껍질을 벗겨보았는가? 껍질을 벗겨보기 전엔 이 녀석들이 얼마나 수줍음이 많은지, 자기방어로 똘똘 뭉친 녀석들인지 알지 못한다. 백 겹이나 되는(과장을 좀 보태서) 껍질을 힘들게 벗기고 나면 마지막 한 겹이 남는다. 좋아하기엔 이르다. 마지막 껍질 아래 엄청난 양의 '수염'이 옥수수 알갱이들을 감싸고 있다. 옥수수 쪽에서는 결코 먹히고 싶지 않을 테니까. 수염은 생각보다 질기다. 떼어내는 게 귀찮기도 하고 옥수수에게 '지나친 모욕감'을 주고 싶지 않아서, 수염째로 찜통에 넣어버린다.

이제 내 일은 기다림뿐이다. '감자와 옥수수가 익어가는 부엌'(덕분에 더욱 더워졌다)을 흐뭇하게 보고는 숨을 돌리러 방으로 간다. 텔레비전에서 한국과 대만 초등학생들의 야구 중계(재방송)를 해준다. 초등학생 야구가 의외로 재미있다. 해설자가 말하길, 지금 공을 던지는 우리나라 투수는 홈런을 맞으면 곧잘 운다고 한다. 귀여운 녀석. 속으로 저 어린이가 홈런을 맞아 우는 모습을 딱 한 번만 보았으면, '몰래' 바란다. 키가 작고 얼굴이 까무잡잡한 대만 타자의 프로필 소개를 듣다 폭소한다. 별명이 글쎄 '작은 얼간이'라지 않은가. 눈물까지 그렁그렁 맺혀 웃는데, 옆에 있는 사람이 한마디한다.

"우리집엔 큰 얼간이가 사는데!"

큰 얼간이인 내 기분이 막 상하려는 순간, 냄새가 난다. 탄내가 진동한다! 부엌은 물론 거실 구석구석 연기로 가득차서 산신령이 나올 것 같다. 감자가 냄비 바닥에 눌어붙어 타들어가고 있다. 창문을 죄다 여니 한참이 지나서야 연기가 빠진다. 이게 다 작은 얼간이 때문이다.

옥수수는 더 익게 두고, 까맣게 탄 감자알들을 그릇에 옮겨 담아 시식을 한다. 일부가 좀 탔어도 이 자색감자, 정말 맛있다! 하지 지나 수확한 햇감자라서 그런가? 포슬포슬한 게 밤이나 고구마보다 맛나다. 감자 탄 게 뭐 대수인가, 아직 신에게는 열 개의 옥수수가 남아 있습니다! 혼자 농을 치며 감자와 옥수수로 즐거운 오후. 이번 여름, 또 뭐가 남아 있을까? 생각하면 줄줄 나온다. 수박, 자두, 복숭아, 팥빙수, 맥주, 냉면, 토마토…… 여름은 맛있다!

선생님도 모른단다

여름 저녁의 나무들은 비밀스럽다. 인적이 드문 곳에 서 있는 나무들은 더 그렇다. 이파리는 더이상 초록빛이 아니다. 집에 돌아와 혼자가 된 사람이 짓는 풀어진 낯빛, 홀가분한 어둑함에 가깝다. 상상 속에서, 저녁의 나무들에게 묻는다. 너네, 원래 짐승이었지? 해가 있는 동안만 식물인 척한 거지? 누군가 떨어뜨리고 간 비밀들을 잡아먹고, 어두워질 거지?

문득 저녁의 나무들 발치에다 비밀을 하나 흘리고 싶다.

대학 졸업 후, '정속독학원'에서 선생으로 근무한 적이 있다. 아이들의 빠르고 정확한 독서를 돕는 게 내 일이었다. 한때 속독학원은 꽤 유행이었고, 자기들만의 시스템을 갖추고 있었다. 나는 학원의 교육 시스템을 며칠간 익힌 후 수업에 들어갔다. 수업이 시작

되면 아이들은 삼 분가량 명상하고 책을 읽어야 한다. 나는 삼 분씩 초시계를 끊어 아이들이 책을 읽는 시간을 재주고, 페이지를 기록하게 해야 한다. 일정 분량을 읽은 아이에겐 내용을 요약하게 하고, 끝까지 다 읽은 아이에겐 독후감을 쓰게 해야 한다. 책 이해도를 묻는 퀴즈를 풀게 해야 한다. 이 모든 과정을 아이들이 척척 따라와줘야 한다.

계획과 규칙은 이러했는데, 지켜질 리 없었다. 나는 저학년 아이들 담당이었다. 교실은 자주 난장판이 됐다. "준비, 시작!" 내 외침과 초시계 작동은 아무 위력이 없었다. 아이들은 딴짓을 하고, 책이 마음에 안 든다고 항의하고, 책을 떨어뜨리고, 단어의 뜻을 모르겠다고 소리치고, 코를 후비고, 친구와 싸우고, 지우개를 떨어뜨리고, 연필을 부러뜨리고, 일어나서 걸어다니고, 쓸데없는 질문을 하고, 졸다가…… 가끔 책을 읽었다. '드물게' 책을 좋아하는 아이가 있어도, 읽기에 집중한 나머지 내가 요약을 권하면 하기 싫다고 반항했다. 그냥 이어서 읽고 싶다는 거다. 뜻대로 되지 않는 시간 속에서 나를 가장 힘들게 하던 꼬맹이가 둘 있었다. 잊을 수 없는 아이들이다.

S는 한글은 익혔으나 '읽기'가 안 되는 1학년이었다. 십 초에 한 번, 특이한 소리를 내는 틱 장애를 갖고 있었다. 나는 옆에 앉아 한

음절씩, 손가락으로 글자를 짚어가며 책을 읽어줬다. 고백하건대, 설리번 선생님처럼 인내심을 가져야 하는 일이었다. S는 집중력이 없었다. 어느 날은 단어 몇 개, 어느 날은 한두 문장만 겨우 읽고 돌아가기도 했다(속독학원에서!). S 때문에 학원을 관둘까, 진지하게 고민했을 정도로 고단했다. 그러나 S는 믿을 수 없이 느린 속도로, 성장했다. 나와 한 단어씩 서로 교차해 읽어보는 게임을 하다, 익숙해지니 한 문장씩 교차해 읽을 수 있게 되었다. 그러다 두 문장, 세 문장을 이어서 읽었다. S가 '한 문단'을 혼자 읽는 데 성공한 날, 우리 둘은 환호성을 질렀다. 다음을 상상할 수 있겠는가? S는 혼자 한 쪽을 읽더니, 다음 쪽도, 그다음 쪽도 이어서 읽었다. 결국 짧은 그림책 한 권을 혼자 다 읽을 수 있게 되기까지 반년도 넘게 걸렸다. 그애는 책에 집중한 나머지 점점 나를 찾지 않았다. 이 과정에서 S에게는 시간 재기, 요약, 독후감 쓰기…… 어떤 것도 시키지 않았다.

H는 느려도 너무 느린 아이였다. 커다란 얼굴에 이목구비가 아주 작은, 나무늘보가 연상되는 아이였다. 고도비만이라 앉으면 배가 책상에 닿는 2학년 남자아이. H는 거짓말을 할 줄 모르고 순했다. 느린 것 빼면 나쁜 게 하나도 없는, 천사 같은 성정을 가졌다. 솔직히 H는 그 학원에서 내가 가장 사랑하는 아이였다. "이래서야 오늘밤 안에 느낀 점을 다 쓸 수 있겠어?"(두 줄만 쓰라고 했다.) 핀

잔을 줬지만, 나는 그애를 사랑했다. 느리고, 느려서, 느림에도 좋았다. 그애는 시간이 많이 걸렸지만 누구보다 책을 '정확히' 읽어냈다.

아이들은 자기 생김대로 책을 읽었다. 내 수업에서 '속독'은 꿈도 못 꾸니, 학원 정책과는 맞지 않았을지 모르지만 느린 독서, 느린 발전은 가능했다. 사실 읽는 데 속도는 중요하지 않다. 이야기를 읽고 마음이 책과 포개져 하나로 흘러가는 일. 독서의 맛을 알아가는 게 중요하다.

그때 만난 아이들은 성년이 되었을 거다. 잘 지낼까? 만난다면 이야기해주고 싶다. 책 앞에서 흔들바위처럼 몸을 흔들어대던, 읽기가 더뎌서 내 속을 태우던 S야, 하품이 나올 정도로 모든 동작이 느리던 H야, 어떻게 지내니? 사실 그 반에서 가장 책을 느리게 읽는 사람은 나였을지도 몰라. 속독 같은 거, 선생님도 못해. 선생님도 모른단다. 게다가 아직도 책을 얼마나 느리게 읽는지…… 읽는 속도는 앞으로도 빨라지지 않을 것 같구나.

가만, 그냥 말하지 않아야겠다. 비밀이니까. 저녁의 나무들 발치에나 털어놓아야지.

그때 내가 낭독한 여름

도피하기 위해 자주 책을 들었다. 어릴 때는 무시무시하게 큰 입을 벌린 그림자들이 나를 잡아먹지 못하도록 책 속에 코를 묻었고, 커서는 자잘한 고민과 생활고에서 잠시 놓여나려고 책을 들었다. 책은 잠시 그 세계로 몰입한 순간만큼은 현실에서 나를 떼어놓았다. 내가 현실에서 벗어나려 애쓴 게 아니라, 책이 애썼다. 책이 가진(혹은 이끌어내는) 능동성이 내 피동적 웅크림을 토닥였다. 숲을 베어 작은 종이 묶음으로 만든 책은 아이러니하게도 내게서 다시 숲이 되었다.

스물한 살인가. 어쩌면 스물둘이나 셋이었는지도 모르겠다. 대학 졸업장을 따기 위해선 필수로 이수해야 하는 과목이 있었다. 자원봉사. '자원自願'이란 말과 어울리지는 않았지만, 나는 봉사하러

갔다. 학교에서 소개해준 여러 일 중 마음을 끄는 게 있었다. 그 일은 하루에 네 시간씩 총 여덟 차례, 구로구에 있는 어느 관공서에 방문해 책을 낭독하는 일이었다. 물론 녹음을 위해서. 내 음성이 녹음된 테이프는 시각장애인의 독서를 위해 사용될 거라 했다. 그 무렵 나는 폴 오스터 소설 『달의 궁전』에 빠져 있었는데, 그 책의 주인공이 하는 아르바이트가 어떤 할아버지에게 책을 읽어주는 일이었다. 그 아르바이트가 얼마나 재밌어 보이던지! 나는 두근거렸다. 누군가에게 책을 읽어줄 수 있는 여름이, 나를 기다리고 있었다.

티셔츠와 청치마 차림의 내가 아이스크림을 입에 물고 녹음하러 가던 모습이 떠오른다. 직원들에게 공손히 인사하고, 나는 비좁은 녹음실에 혼자 들어갔다. 방음 시설이 잘되어 있어 아무 소리도 들고 나지 않는 곳이었다. 이곳에서 태어난 소리는 이곳에서 죽음을 맞이할 것 같은 방. 헤드폰을 쓰고 책을 대강 훑어본 후, 목소리를 가다듬었다. 낭독을 시작하면 꼭 진공 속에서 헤엄치는 기분이 들었다. 나 홀로 작은 수영장 물속에서 앞으로 나아가는 기분. 누군가를 향해, 누군가에게 닿고 싶어 헤엄치지만 나만 가득한 세상. 내 목소리를 들을지도 모르는, 앞을 보지 못하는 당신의 그림자를 상상했다. 어느 날은 지독히 재미없는 사회학 교재를, 어느 날은 흥미로운 심리학 책을 읽었지만 상관없었다. 중요한 건 책 내용이 아니라 내가 누군가에게 소리를 보내고 있다는 사실이었다. 발음이 엉키면 정지 버튼을 누르고 되돌아가서 녹음했다. 직원들은 별로 중요한 일이 아니라는 듯 내 일에 신경쓰지 않았지만, 나 혼자서는 대단한 임무를 맡은 듯 설렜다. 어떤 사람이었을까? 허공에 감은 눈을 맡기고 내 목소리를 따라 책에 가까이 가는 사람은. 그때 녹음된 내 목소리는 지금 어디에 있을까?

녹음이 끝나면 오늘 읽은 분량을 담당 직원에게 말하고, 복도에서 기다렸다. 직원이 녹음 상태를 대강 체크하고 서류를 내밀면 날짜 옆에 사인을 했다. 그가 바쁠 때는 복도에 놓인 의자에 앉아 비치된 책을 읽으며 기다렸다. 어느 날은 단편소설집을 읽고 있는데, 책이 너무 재미있어 푹 빠져버렸다. 직원이 불러 뭔가를 이야기하고, 사인하고, 인사하고, 여름으로 가득찬 바깥으로 나오는 순간까지 나는 그 이야기에서 빠져나오지 못했다. 전동차를 타고 자리에 앉아 책을 다시 읽는 동안에도 그 책을 그냥 가지고 나와버렸다는 사실을 의식하지 못했다. 나는 처음으로 책 도둑이 되었다. 기분이 나쁘지 않았다. 그 책은 내가 훔친 게 아니라 나를 따라온 거란 생각이 들었다. 그때까지 나는 한 번도 도둑질을 해본 적이 없었기에 죄의식을 느꼈지만 이내 고개를 숙이고 책을 읽었다. 모든 죄의식에는 약간의 흥분이 섞여 있다. 잘못을 반추하면서 생기는 감정의 보풀 같은 것. 정말로, 기분이 나쁘지 않았다. 그 여름 내가 낭독한 책들 역시 나 모르는 곳으로 흘러갔을 텐데, 한 권 정도는 나를 따라와도 괜찮을 거라 생각했던가?

모든 독서는 이야기를 훔치는 일인지도 모른다. 그리고 어떤 이야기는 나를 죽어라 따라온다. 그런 이야기가 있다.

아는 것 말고 알아주는 것

여름마다 생기는 한포진 때문에 피부과를 찾았다. 환자가 한 명도 없었다. 지루한 표정으로 앉아 있던 간호사 둘이, 내 등장에 좀 놀란 눈치였다. 손님이 오긴 올 테지만 정말 올 줄은 몰랐어요, 하는 듯이. "여기, 피부병 진료 하나요?" 피부과에서 이보다 더 바보 같은 질문은 없을 거다. "네." 짧은 대답. 아무도 없는데 오 분 즈음 기다렸다. 문 열린 진찰실에서 사부작거리는 의사의 기척이 들릴 정도로 고요하다. 왜 뜸을 들이지? 바쁜 척하려고?

맞다. 나는 웬만해선 의사를 믿지 못하는 까다롭고 불우한 환자다. 돌팔이 의사가 있는 병원이 분명하다며 일어서려는 순간, 내 이름을 불렀다. 들어가니 머리카락이 몇 올 안 남은, 나이든 의사가 앉아 있었다. 손톱 주변을 보여주며, 한포진 때문에 왔다고 말했다. 조그맣게 수포가 올라오는데, 날이 더워지면 더 심해지고 연고를 바르면 금세 들어가는 것을 경험으로 알고 있었다. 의사는 살펴보고는 한포진이 맞는다고 했다. 그러고는 본색을 드러냈다. 이런 게 생기면 바로 와야 한다, 늦게 오면 치료가 안 된다! 호통을 치기 직전이었다. 이 의사, 내가 제일 싫어하는 유형이잖아? 누구든 가르치고 싶어 안달이 난 타입이다. 언제부터 그랬느냐 묻길래, "어제 생겨서 오늘 온 건데요" 하고 답하니 하려던 말을 삼켰다. 피부를 확대해 볼 수 있는 렌즈를 갖다대며, "여기 봐요, 여기를! 여기, 수포 보이죠?" 호통을 쳤다. 수포가 화면에 나타나야 하는데 잘 안 보였다. "어디요?" 내가 질문하니, 의사가 약간 당황했다. "가장 심한 데가 어디요?" 새끼손가락이라고 짚어주자 그곳에 렌즈를 갖다댔다. 역시 잘 안 보였다. 심하진 않은 것 같으니, 약 먹고 연고를 바르면 날 거라고 말하는 의사. "전에는 연고만 발랐는데요?" 내 대꾸에 의사는 네까짓 것이 뭘 아느냐는 듯 나를 쳐다보고, 나는 당신이 내 고통을 어찌 아느냐는 듯 마주봤다. 잠깐의 정적. 병원은 머리카락 떨어지는 소리도 들릴 것처럼 조용하다.

의사가 별안간 책상에 놓인 백과사전을 들더니, 한포진 섹션을 펼쳤다. 끔찍하게 심한 사례가 사진으로 찍혀 있다. "이런 거, 이렇게 되는 거예요, 이게." 나를 겁주는 의사. 내 수포는 육안으로 식별이 안 될 정도로 아직 작은데? "한포진은 완치가 없고, 스트레스와 술에 취약해요. 알아요?" 알고 있다고 대답했다. "술 마시면 안 돼. 이게 아토피성이거든." 은근히 말을 놓는 의사. 나는 그만, 묻지 않아도 될 것을 물었다. "한포진은 왜 걸리는 거예요?" 의사는 한심해 못 견디겠다는 듯, 그리고 이제야 제 할일을 찾았다는 듯 볼펜을 들어 한자를 썼다.

"한汗, 이게 한자 '한汗'이잖아요. 알아요? 응? 이게 뭐예요? 이게 '땀 한'이라고, 땀 한! '포진'은 뭐야? 물집이잖아. 땀이 밖으로 나와야 하는데 못 나오니까 안에서 수포가 되는 거라고요. 본인이 손발에 땀이 없다고 생각하죠?"

"네."

"없는 게 아니에요. 못 나온 거지! 다른 데도 땀이 안 나요?"

"아니요. 나요."

"거봐."

"땀구멍이 막힌 거네요. 며칠 전부터 허벅지 뒤에 닭살처럼, 오톨도톨하게 뭐가 만져지던데, 그것도 땀구멍이 막혀서 그런 거겠네요?"

"아니, 그건 늙어서 그래요!"

나! 원! 참! 이 늙은 의사에게 "늙어서 그렇다"는 말을 들을 줄

이야. 의사는 그뒤로도 무슨 성분이 들어간 바디로션이 좋은지 한참을 떠들었다. 늙어서 그렇다는 말을 두 번이나 더 강조하면서. 그의 설교를 들으며, 좀 울적해졌다. 손가락이 가렵고 부은 느낌이라 불편한데, 날도 더운데, 늙어서 그렇다는 말이나 듣고, 평생 못 고치는 병이라고 겁주고, 한자 쓰면서 으스대고…… 쏟아지는 잔소리를 견디며 맞은편 책장을 보니 가족사진이 죽 놓여 있다. 돌사진, 결혼 사진, 여행 사진들. 이 사람에게도 가족은 있어 저렇게 경조사를 치르고, 때 되면 여행을 다녀와 사진이 걸리는구나.

약을 먹으면 빨리 낫는다고 했지만, 나는 한사코 연고만 처방해 달라 했다. 그는 연고의 종류(1단계부터 5단계까지)까지 한참 설명하더니, 3단계로 처방하겠다고 했다. 긴장하거나 스트레스 받지 말고, 환부가 물에 닿지 않는 게 좋으니 세수할 때도 비닐장갑을 끼고 하라고 했다. 미친놈! 속으로 욕이 튀어나왔다. 자기가 한번 비닐장갑 끼고 세수해보라지?

나는 비닐장갑을 끼고 세수하지 않았고 약을 먹지 않았고 나흘 동안 연고만 잘 발랐다. 의사도 병을 알지만, 병을 오래 겪어본 환자 역시 병을 안다. 깨끗해진 손가락을 보니 영 돌팔이는 아니었나보다. 그나저나 저이는 원래 어떤 의사가 되고 싶었을까? 그리고 나는 어떤 시인이 되고 싶은가? 이 순간에도, 세상에는 많은 의사와 시인이 탄생할 것이다. 탄생은 탄생이지만 살아 있다고 무조건 산 것일 순 없다. 살아 있어도, 죽은 것일 수 있다.

> 쓰여진 글도 병이 들 수 있다.
>
> —마르그리트 뒤라스, 『마르그리트 뒤라스의 글』(윤진 옮김, 민음사, 2019)에서

집으로 가는 길에 생각했다. 나는 적어도 책 속에서 책 밖을 향해 가르치려고 안달난 사람은 되지 말아야지. 사실 내가 의사에게 바라는 것은? 아픈 곳을 알아주는 것, 그뿐일지 모른다. 아는 것 말고 알아주는 것.

당신의 귀를 믿어요

"누군가 진심으로 자기감정에 호소할 때, 왜라고 물으면 안 돼! 그런 사람은 입을 아주 꿰매버려야 해! 벌리지 못하도록."

이렇게 격분하여 말하는 자 누구인가. "배신이야, 배신!" 영화 〈넘버 3〉의 송강호처럼, 침 튀기고 눈도 부라리며 말하는 자 누구인가. 나다. 이따금 나는 대화중에 이토록 흥분한다. 내 말의 취지를 제대로 설명하고 싶어 빠르게 말하다 끽끽대며 새소리도 낸다. 달리다가 제 속도에 못 이겨 넘어지는 사람처럼 보이겠지?

어떻게 된 거냐. 후배 A가 인간관계로 힘들어하기에 조언을 해주다 나온 말이다. 이번에야말로 네 마음 상태를 솔직하게 말해줄 때다, 논리나 이성에 호소할 때가 있고 감정에 호소할 때가 있는데 지금은 딱 까놓고 네 심정을 전달할 때, 라고 말하는데 A가 걱정하는 거다. "그 사람이 '왜 그렇게 느끼는데?'라고 말하면 어떻게 해." 나는 대답했다. 〈100분 토론〉에 나간 게 아니라면, 그러니까 '감정에 호소하는 오류'를 따지고 들 게 아니라면, 누군가 본인 감정에 호소하는 이야기를 할 때 절대로! '왜'냐고 물으면 안 된다고. 그건 배신이니까! 그런 놈은 입을 아주 꿰매버려야…… 감정에 호소하는 오류를 범하는 날 보며, 한참을 웃던 A의 다른 질문.

"그럼, 내 감정을 말했을 때 가장 좋은 대답은 뭔데?"

"아, 그랬구나. 아, 네가 섭섭했구나. 아, 내가 미처 몰랐구나. 이게 FM이야!"

며칠 뒤 A에게서 연락이 왔다. 내 말대로 상대에게 이런저런 게 섭섭하다, 마음이 힘들었다, 심정을 차분히 털어놨더니 효과가 좋았단다. 상대방이 '깜짝' 놀라며 전혀 몰랐다고, 미안하다고 했단다. 심지어 늦은 밤 그쪽에서 긴 문자를 보내기까지 했다나? A는 요새 죽을 맛이었는데 관계 개선의 여지가 생겼다며 좋아했다. 순두부찌개를 먹는데 몇 달 만에 음식맛을 제대로 느껴봤다나? 침을 튀겨가며 한 시간 넘게 이야기해준 보람이 있다. 참으로 다행이다! A의 문제가 해결되어서, 그자가 '왜'냐고 묻지 않아서, 내가 그이(모르는 사람!)의 입을 꿰매버리지 않아도 되어서.

대체로 인간관계 문제에서 '진짜 문제'는 상대의 입장에서 생각하지 않고, 말을 들으려 하지 않는 데 있다. 귀가 두 개고 귓구멍이 뚫려 있어도, '듣기'는 어렵다. 마음을 내 쪽이 아니라 당신 쪽에 두어야 하는 일이라 그렇다. 당신이 되어보는 일, 당신이 문제가 있다고 말할 때 그런 당신에게 '연민'을 느껴야 하는 일이라 그렇다. 연민은 감정이입의 유일한 입구다. 한때 우리 모두 가지고 있었으나 점차 사용하지 않아 야위어가는 감정.

> 세계 어디서든 모든 아이들에게서 연민을 볼 수 있어요. 아이들은 주변 사람들과, 동물과, 심지어는 장난감과, 이야기책에 나오는 인물과 완전히 동일시합니다. 연민은 다른 사람의 입장이 되어보려고 상상력을 발휘하는 것입니다. 물론 이루기는 어렵죠. 이룰 수 있다고 말하는 것은 너무 감상적입니다. 하지만 첫걸음을 내딛는 거죠. 제 생각에는 윤리학만이 아니라 예술도 바로 여기서 시작하는 것 같습니다.
>
> —존 버거 인터뷰 일부, 『작가라는 사람 2』(허진 옮김, 엑스북스, 2017)에서

이해할 수 없는 상대를 만났을 때, 저 사람은 도대체 무슨 연유로 그럴까 고민해봐야 한다. 그가 자기 생각을 말하면 들어야 한다. 생각하고, 생각하고, 생각해보아도 납득이 안 될 때 돌아서면

된다. 그러니까 누군가에게 마음을 전달하려 애쓰는데 그 귀가 막혀 있다면, 그때 돌아서면 된다. 말하기, 듣기. 우리가 어릴 때 배운 거다. '말하기 듣기' '읽기' '쓰기', 교과목에도 있었지 않은가! 그걸 다시 배워야 할 사람이 많다. 특히 듣기! 필요하다면 듣기 평가도 해야 한다. 해서 배워야 한다. 이따금 나는 감옥에 있는 전 대통령의 입장에도 자주 서보곤 한다. 왜 그랬을까. 도대체 왜 그랬을까. 무슨 연유로…… 그러다 이해가 안 되어, 봐줄 수 없어 감옥 문을 꼭 닫고 총총 돌아나오지만. 어쨌든 시도는 해봐야 한다.

사람을 진짜 움직이는 건 조리 있는 주장, 지상 명제를 증명하는 논증이 아닐지 모른다. 그보다는 어떤 진심, 감정에 호소할 때 변화가 생길 수 있다. 노사문제, 남북문제, 가족문제, 연인문제도 논리와 이성만으로 해결하려 하면 답이 없다. 논리와 이성은 저울과 자, 칼과 같이 등장하니까. 재고 자르고 버려야 하니까. 그러나 상대에게 '성토하는 마음, 자기 진심'을 들고 간다면? 서로의 이해뿐 아니라 감정까지 헤아리려 한다면? 들을 준비가 충분히 되어 있다면? 바뀔 수 있다고 생각한다. 너무 감상적인 생각인가? 맞다. "하지만 첫걸음을 내딛는 거죠."(존 버거) 당신의 귀를 믿고 싶으니까. 당신의 귀는 끝까지 포기하고 싶지 않은 무엇이니까.

밤에 용서라는 말을 들었다•

밤의 중심에서 '용서'라는 말을 생각한다. 그것은 도꼬마리 풀씨처럼 팔랑팔랑, 내 쪽으로 날아오는 중이다. 해파리처럼 헤엄쳐오는 중이다. 그러나 그 말은 나를 통과하지 못하고, 늘 그렇듯이 흘러내린다.

이 글에서 모든 것을 말할 수 없지만, 내겐 용서하지 못한 사람이 있다(누구나 그렇지 않을까). 더이상 그를 미워하지도, 화가 나 있지도 않다. 그저 '용서'라는 말이 내 몸을 통과하지 못할 뿐이다. 오래전 나는 시 한 편을 읽고 한 곳에서 얼어붙은 적 있다. '밤에 용서라는 말을 들었다.'

• 이진명 시인의 시집 제목을 빌림.

나는 방금 어디에서 놓여난 듯하다. 어디를 갔다 온 것일까. 한기까지 더해. 이렇게 묶여 있는데, 꿈을 꿨을까. 그 눈동자 맑은 샘물은. 샘물에 엎드려 막 한 모금 떠마셨을 때, 그 이상한 전언. 용서. 아, 그럼. 내가 그 말을 선명히 기억해내는 순간 나는 나무 기둥에서 천천히 풀려지고 있었다. 새들이 잠에서 깨며 깃을 치기 시작했다. 숲은 새벽빛을 깨닫고 일어설 채비를 하고 있었다.

—이진명, 「밤에 용서라는 말을 들었다」
『밤에 용서라는 말을 들었다』(민음사, 2007)에서

'용서'의 얼굴을 상상한다. 오 년 만에 밖으로 나와 나무를 본 사람의 눈빛 같을까? 일어서는 새벽의 숲처럼 느리게 열고 닫히는 마음 같을까? 저 시인은 용서의 얼굴을 본 적 있는 것 같다. 용서란 무엇인가. 용서를 위해선 무엇이 필요한가. 잘못을 저지른 한 사람과 잘못을 기억하는 한 사람이 필요하다. 잘못은 잘못인 채로, 상처는 상처인 채로 견딜 수 있는 시간이 필요하다. 고통을 사이에 두고 마주한 '서로'가 필요하다. 용서를 구하려는 이와 용서를 하려는 이. 울고 싶은 이와 울 수 있는 이가 필요하다. 변할 준비를 마친, 마음이 필요하다. 나는 무엇이 없을까? 무엇이 모자란 걸까, 용서하기에.

그때, 내가 어린아이였기 때문일까?

동물과 어린아이에게 각인이란 '세계의 각인'이라서, 그들에게 상처를 입히면 돌이킬 방법이 '별로' 없다. 일례를 들어보자. 친구가 강아지를 분양받았는데, 어머니가 강아지를 몹시 싫어했다고 한다. 말썽을 부릴 때마다 친구 어머니는 신문지를 말아 강아지를 때리거나 겁주었다. 강아지는 그때마다 소파 밑에 숨었다. 시간이 흘러 친구의 어머니는 강아지를 (비로소) 사랑하게 되었다. 강아지에게 닭을 삶아 먹이고, 산책과 목욕을 시키고, 온갖 애정을 쏟았다. 하지만 강아지는 성견이 되어서도 그녀를 거부했다. 그녀가 주는 밥을 먹고, 같이 산책을 다녀왔지만 그뿐이었다. 온 가족에게 뽀뽀를 하고 살갑게 굴어도, 친구 어머니에게만은 거리를 두었다. 그녀가 개를 끌어안으려 할 때마다 뒤로 펄쩍 뛰어, 피했다.

녹지 않는 마음이 있다.

풀리지 않는 자물쇠처럼, 맞지 않는 열쇠처럼 덜거덕거리는 관계가 있다. 어느 날은 풀린 척, 어느 날은 잠긴 척하다가 피로해지는 마음. 잘못한 사람은 자기 잘못을 잊은 채 오히려 이쪽을 원망할지도 모른다. '용서'라는 말을 매만지며 얼어붙어 있는 이쪽을, 시작도 못한 이쪽의 '용서'를 책망하고 있을지도 모른다. 한밤중에 '용서'라는 말을 쥐고, 그쪽에서 일방적으로 집행하려 할지도 모른다. 잘못한 사람은 용서를 준비하고 상처받은 사람은 용서를 구하는, 불편한 시차가 존재하는지도 모른다.

그런데 용서가 필요한 사이라면, 이미 글러먹은 게 아닐까? '용서'라는 말은 무겁고 어려워서, 사용하려다 떨어뜨리게 되는 게 아닐까. 진정한 용서라는 게 있을까? 사랑은 용서를 우습게 타고 넘어, 그런 건 필요로 하지 않는 게 아닐까?

한때 나는, 신은 '질투의 신'이라서 오직 자신만을 사랑하라고 명하는 존재라는 말이 거슬렸다. 자꾸 삐딱해졌다. 신이 있어 이 세계와 미천한 우리를 만들었다면, 크고 작은 우리 죄를 미리 알았다면…… 그러니까 당신이 모든 것을 아우르는 전지전능한 신이라면, 나를 사랑하라고 말하고 싶었다. 나를 사랑하라. 내가 아니라, 당신이 나를 사랑하라. 나를 한없이 불쌍히 여기고, (제발) 조건 없이 사랑하라. 나를 위해 울고 나를 위해 기도하라. 나를 믿으라. 내가 누구인지 나보다 더 잘 아는 당신이, 믿으라. 당신도 밤의 중심에서, 외로이 '용서'라는 말을 들으라.

물론 투정이다. 그렇지만 우리에겐 커다란 신이 필요하다. 용서를 모르는 나와 상처받은 저 강아지. 우리 무지렁이들에게 무엇도 바라지 않는, 너그러운 신이 필요하다.

여름비

여름에 오는 비는 좀 특별하다. 몇 날을 연이어 내리기도, 축제처럼 요란히 퍼붓기도, 엉덩이가 무거운 손님처럼 한곳에 오래 머무르기도 한다. 비는 여름을 편애한다.

장마는 비가 여름에게 우정을 고백하며 쓰는 긴 편지다. '다시없겠지?' '다시없을 거야.' 귓가에 소곤거리는 빗방울들.

나는 비 올 때 발이 젖는 것을 싫어한다. 적시는 비보다 건너다보는 비를 좋아한다. 비와 나 사이에 거리가 있어야 좋다. 거리는 평화와 시선을 가져다준다. 비와 나 사이. '사이'가 사라지면 시선도 사라진다. 빗방울을 현미경으로 보면 타원형인데, 중력 때문에 타원형의 아래쪽이 조금 더 뚱뚱해 보인다. 빗방울의 눈은 아래에 있다. 비는 한사코 하강하는 성질을 가졌다. 바닥을 향해 총알처럼 떨어진다. 비의 시작은 '끝의 시작'이다. 비는 끝을 시작하는 것처럼, 혹은 시작을 끝내는 것처럼 보인다. 비와 비, 사이엔 무수히 많은 시작과 끝이 있다.

비가, 내려온다.

내려오다니! 하긴, 올라가는 비를 본 적이 없다. 본 적이 없을 뿐 올라가는 비도 있긴 있다. 올라가는 비(수분)란 대체로 비밀스러워 보이지 않을 뿐이다. 사람들은 그것을 증발이라 부르고, 사라지는 일로 인식한다. 말끔히 없어지는 것. 젖은 그릇을 엎어놓으면, 그릇에 묻은 물방울들이 깨끗이 사라지는 것. 그건 비가 올라가는 일이다. 첩보원처럼 움직이는 빗방울들.

창밖으로 쏟아지는 비를 본다. 장대비다. 나무들은 비를 맞기로 작정한 초록 우산처럼 서 있다. 온종일 비를 맞는 게 나무의 일과다. 비를 맞는다고 불평하는 법도 없다. 비에 젖어 이파리 색색이 짙어진다.

나는 시에서 "갇히는 것 중 제일은 빗속이야"라고 쓴 적 있다. 그 마음은 지금도 오롯해서, 이따금 비 내리는 산장에 머무는 상상을 한다. 비에 발이 묶여 한 사흘을 오도 가도 못하는 일을 꿈꾼다.

산장에서, 콩나물죽을 끓여 그 뜨거운 것을 호호 불어 먹을 것이다. 감자를 몇 알 골라 쪄먹을 것이다. 파슬파슬한 감자에 손가락으로 소금을 집어먹으며 옛 생각에 빠질 것이다. "심심하냐? 심심하면 소금 먹어라." 싱거운 농담을 던지던 내 젊은 아버지를 생각할 것이다. 하염없이 내리는 비를 보며 '큰일인데, 언제까지 내리려나', 마음에도 없는 걱정을 하는 척할 것이다. 지루한 소설을 읽다 낮잠을 잘 것이다. 낮잠에서 깨어나면 밤인지 낮인지 구별이 어려운 '그저 빗속인 곳'에서 머물 것이다. 새벽녘에 잠깐 비 그치면, 빗방울들이 모여 있는 창문에 손가락을 대볼 것이다. 미끄러지다 터져버리는 빗방울들의 죽음을 지켜보다, 시를 한 편 쓸 것이다. 완성하지 않고 쓰다 덮어둘 것이다.

기나긴 우기다.

산장에 아침이 오면, 다시 비가 내릴 것이다. 어제보다 더 굵고 사나워진 비가 내릴 것이다. 오랑캐처럼, 비가 몰려들 것이다. 사약같이 진한 커피를 끓여 호로록 마시며 처음 나를 강릉에 데려가준 친구를 떠올릴 것이다. 그이의 둥그런 눈망울을 생각하며, 먼 곳에 시선을 둘 것이다. 눈을 감고 소리에 집중할 것이다. 홈통에 떨어지는 빗소리는 누군가 오래오래 오줌을 누는 소리 같네. 양철 지붕 위로 떨어지는 빗소리는 겨울잠에서 깬 다람쥐 부부가 얼마 남지 않은 도토리를 던지며 명랑하게 부부싸움하는 소리 같아. 이 양반아, 나 이제 당신하고 못 살아요! 우르르르르, 와장창! 살림살이 부서지는 소리. 나뭇잎 위로 떨어지는 빗소리는…… 음, 모르겠네? 머리를 긁적이다 실눈을 뜰 것이다. 그러면 여전히 비에 젖은 나뭇잎들이 보일 것이다. 나그네의 엉킨 머리카락 같은 나뭇잎들, 막막하게 나를 볼 것이다. '얼굴이 사라진 앞' 같은, 나무의 얼굴과 희미한 내 얼굴을 슬쩍 바꿔놓아도 좋을 것이다.

드디어 비가 멈추면, 만기 출소한 죄수처럼 밖으로 걸어나올 것이다. 떠밀려 나온 사람처럼 두리번거리다, 이파리들이 반짝이는 풍경에 겁먹을 것이다. 빗소리를 삼킨 듯 맹렬히 울어대는 매미 소리를 들으며 참새처럼 가벼이, 집으로 돌아갈 것이다.

하하하, 오해입니다

산책할 때 생각한다. 우리를 둘러싼 소소한 오해들에 대해서.

원주에 있는 창작 레지던스에 머물 때, 시골생활이 처음이라 내내 들떠 있었다. 저녁을 먹고 작가들과 산책을 하는데 웬 새소리가 들렸다. "새가 우네. 선배, 이거 무슨 새가 우는 거예요?" 선배의 일갈. "개구리야!" 사람들이 와르르 웃었다. 개구리와 새 울음도 구별 못하다니 오해했다.(무식했나?) 서울에서 자란 나는 자연의 무자비함이나 농사의 고됨, 순서에 맞게 꽃이 피고 지는 자연의 섭리에 무지했다. 시골생활이 낭만적으로 보였다. 시골에서 자란 친구 앞에서 농부들의 정직하고 성실한 생활을 찬미했더니 그의 대답. "농사는 형벌이야." 오해했다.

산책할 때 생각한다.

얼마 전, 남편과 산책하는데 개구리 소리가 들렸다. 드디어 개구리군. '이제 좀 아는' 나는 외쳤다. "우와, 개구리 우는 소리 좀 들어봐!" 나직이 건너오는 대꾸. "맹꽁이야." 과연, 맹꽁이는 개구리와 달랐다. 좀더 "매앵꼬옹 매앵꼬옹"(?), 하고 울었다. 개구리를 새로, 맹꽁이를 개구리로 오해했다. 이런 적도 있다. 일전에 남편이 뱉어놓은 곶감 씨앗을 아몬드인 줄 알고 냉큼 깨물어먹으려다…… 이가 깨질 뻔했다. 오해했다.

산책할 때 생각한다.

종일 소파에 누워 텔레비전 앞을 지키는 당신에게 게으르다고 핀잔을 주었다. "몸이 무거워. 참 무력하네" 말하는 당신. 소파에 녹아든 당신을 뒤로하고 홀로 산책하는 길. 개구리도, 맹꽁이도, 새도 울지 않았다. 여름도 끝인가, 고개를 수그리고 걷다 깨달았다. 종일 소파에 파묻혀 일어나지 못하는 당신은 몸이 좋지 않은 게 아니라, 마음이 좋지 않았던 게 아닐까? 그러고 보니 얼굴에 우울의 그림자가 드리워져 있었다. 오해했다. 당신과 우울과 여름의 끝과 맹꽁이에 대해 생각하며 걷는데, 중년 남자 둘이 떠들며 걸어왔다. "그러니까 내 요지는, 돈이면 해결 안 되는 게 없다는 거야! 돈이면 대부분 문제가 다 해결돼. 돈이 다야. 정말이라니까?" 돈, 돈, 돈. 세 번의 '돈' 소리가 나를 스쳐갔다. 잠깐 돈 생각(정확히, 돈 걱정)을 조금 하다, 돈이면 정말 다 해결이 될까 의심해보았다. 아무래도…… 아저씨? 오해하셨습니다.

산책할 때 생각한다.

밖에서 보면 오해하기 좋은 일에 대해. 방랑하는 자는 따뜻한 불빛 아래 사는 정주자가 좋아 보이고, 정주자는 방랑자의 분방한 생활이 좋아 보인다. 회사원은 시간을 자유롭게 쓰는 프리랜서가 좋아 보이고, 프리랜서는 정기적으로 월급을 받는 회사원이 좋아 보인다. 남자는 여자가 여자는 남자가, 아이는 어른이 어른은 아이가 좋아 보인다. 사장은 직원이 직원은 사장이 좋아 보인다. 도시생활자는 전원생활이, 전원생활자는 도시생활이 좋아 보인다.

오해다. 좋아 '보인다'는 것에 주목하자. 보이는 것은 실제와 다르다. 오해는 나 편한 대로 생각하는 것, 생각이 가는 대로 가보자고 떠나는 이기적인 산책이다. 실체를 보지 못하고, 테두리만 볼 때 일어나는 '작은 비극'이다.

걷다보면 마음은 정말이지 '마음대로' 간다. 돈이나 사랑, 여름의 끝, 우울, 맹꽁이 소리 같은 것을 이끌고 간다. 종국엔 어디에 도착할까? 나만 있고, 나만 좋은 곳? 아니다. 실은 나도 당신도 없는, 이상한 바다에 도착한다. 오해海?(썰렁해서 미안합니다.)

웃고 웃고 또 웃네

지난여름 좀 이상한 일을 겪었다. 은행 업무를 보고 밖으로 나오다 뙤약볕에 놀라 도로 건물 안으로 들어갔다. 길을 나서기 겁나는 더위였다. 유리문에 코를 박고 서서 우선 에어컨 바람을 맞았다. 마음의 준비가 필요했다. 나는 유리문 안쪽에 매달려 신호등 색이 바뀔 때까지, 혹은 몇 번 더 바뀌더라도, 이쪽에서 기다리기로 했다. 그때 예닐곱 살 되어 보이는 유치원생 무리가 줄 맞춰 걸어오는 게 보였다. 스무 명 가량의 아이들은 인솔 교사를 따라 지나가지 않고, 내 앞에 멈춰 섰다! 그들은 유리문 안쪽에 기대어 신호등을 노려보던 나를 보더니 웃기 시작했다. 처음엔 바가지 머리를 한 남자아이 하나가 검지로 나를 가리키며 키득거렸다. 이어서 양옆에 있던 여자아이 두 명이 발을 구르며 웃었다. 순식간에 주변 아이들까지 나를 보며 우르르 따라 웃었다. 내가 동물원 원숭

이도 아닌데, 유리문을 사이에 두고 웃고, 웃고, 또 웃었다! 선생님이 아이들에게 영어로(영어유치원에 다니는 아이들인 듯) "Stop!"을 외치고 "Look at me, come on!"을 외쳐도 소용없었다. 그들은 참을 수 없다는 듯, 나를 보며 박장대소했다.

나는 유리문에서 이마를 떼어내고, 얼굴에 뭐가 묻었나 살피며 손으로 얼굴을 쓸어보았다. 아이들이 더 웃었다. 안 되겠어서 최대한 근엄해 보이는 표정을 지어 보였다. 그런데 아이들이 더 웃는 게 아닌가! 눈썹을 치켜세우고 얼굴 근육에 힘을 주며 눈을 부릅떴다. 그랬더니 그 많은 아이들이 한꺼번에 발을 구르며 더 크게 웃었다! 나는 이마에 흐르는 땀을 닦으며 허둥댔다. 처음엔 당황했고, 그다음엔 화가 났고, 왠지 좀 부끄러웠다. 아니 이 콩알만 한 것들이! 어른을 보고! 어디서! 속으로 부르짖었다. 유리문을 밀치고 나가 화를 내볼까 생각하다 그만두었다. 뭐라고 화를 낸단 말인가? 웃지 말라고? 세상에, 그보다 찌질한 어른은 또 없을 것이다. 미소를 지으며 인자한 어른인 듯 그들의 웃음에 동참할까? 그럴 여유까지는 없었다. 나는 얼굴을 문지르다 머리를 긁적여보고, 화난 표정을 지어보다 선생님께 도움을 호소하는 눈빛도 보내며 짧은 순간 진땀을 뺐다. 아이들은 좀처럼 지나가지 않았고 내 앞에 머물러 있었다. 그때 신호등이 바뀐 것을 알아챈 나는 유리문을 밀어젖히고, 재빨리 아이들 사이를 비집고 나가 허둥대며 길을 건넜다. 사실 '도망갔다'는 표현이 더 알맞겠지만.

누군가를 보고 웃음을 터뜨리는 것, 그것은 웃는 자가 웃음을 받는 자보다 우위에 있음을 전제한다. 가령 새로 한 머리를 보고 웃음을 터뜨리는 친구, 상사의 난해한 옷차림을 보고 뒤돌아 웃는 부하 직원, 티셔츠를 입다 머리가 끼인 아이를 보고 웃는 엄마, 코미디 프로그램을 보며 배꼽을 잡는 시청자를 생각해보라. 웃는 위치에 선 자는 작은 '권력'을 쥐고 있는 자다. 적어도 이 순간, 자신은 저 '웃음을 받는 사람'보다는 나은 위치에 있다는 확신. 사람들은 종종 무시당했다고 느낄 때 "내가 우스워?"라고 묻지 않는가. 얼마 전 한 국회의원이 한참 논쟁이 일었던 '사살된 퓨마' 이야기를 하려고, 국감 자리에 퓨마 대신 고양이를 데려와 쇼를 벌이는 모습을 보고 내가 배꼽을 잡은 것도 같은 연유에서일 것이다. 나는 그가 설사 고양이가 아니라 정말 퓨마를 데려왔다 해도 웃었을 것이다(본질을 흐리는 튀는 행동, 유치한 심리 아닌가! 게다가 고양이는 또 무슨 죄인가).

일찍이 웃는 자의 우월감에 대해 알아본 보들레르는 "웃음은 악마적이며 그리하여 그것은 매우 인간적"이라고 말했다.

가장 우스꽝스러운 동물들은 가장 진지한 동물들이다. 원숭이들과 앵무새들이 그렇다. 게다가 만약 인간이 창조력을 상실한다고 가정해보시라. 그렇다면 더이상 코미디는 존재하지 않으리라. 왜냐하면 동물들은 자신들이 식물에 비해 우월하다고 여기지 않으며 식물들도 광물에 비해 자신들이 우월하다고 여기지 않기 때문이다. 수많은 지적 차원의 천민들을 나는 바보라고 표현하는데, 바보들에 대한 우월감의 표시인 웃음은 현자들에 대한 열등감의 표시이고 명상을 하는 현자들은 그 정신이 맑아서 어린아이에 가깝다.

—샤를 보들레르, 『화장 예찬』(도윤정 옮김, 평사리, 2014)에서

지나치게 진지한 것, 그것은 어딘가 우스워 보인다! 극장에서 영화를 볼 때도 지나치게 진지한 상황 앞에서 혼자만 웃음이 터질 때가 있다. 어둠 속에서도 주변의 따가운 시선이 느껴지지만 어쩌랴, 웃음이 터졌는데! 한번 터지면 꿰매기 어려운 게 웃음이다. 그 악마 같은 꼬맹이들을 다시 만나 그때 나를 보고 왜 웃었는지 물어본다면, 이런 대답이 돌아올지 모른다. "웃기니까요!" 아이들의 웃음, 그건 정말 못 말린다. 탓할 수도 없다. 아이들은 웃음도 울음도, 절제하지 않는 존재니까. 그들은 임금님이 벌거벗었다는 사실을 스스럼없이 외칠 수 있고 위엄이 겉모습과 크게 상관없다는 것도 '그냥' 아는 존재다. 아마 그 여름, 심각한 표정으로 유리문에

기대 있던 나는 아이들에게 세상 진지한 동물, 그래서 웃긴 동물, 더위에 지친 원숭이나 앵무새 따위로 보였을지 모르겠다. 사실 진지한 표정을 짓고 있는 인간을 떠올려보면, 그게 좀 웃긴 구석이 있다.

살 수 없는 것들의 목록

야금야금 줄어드는 통장 잔고를 볼 때면 쓸쓸해진다. 통장 안에 돈을 갉아먹는 다람쥐라도 사는 걸까? 몽당연필처럼 '몽당통장'이란 조어造語라도 만들어야 할 판이다. "요새 내 통장, 몽당통장 됐잖아." 쓸쓸한 와중에 쓸데없는 생각만 떠오르니, 머리나 긁적일 수밖에.

인생에서 돈이 '충분하다'고 생각한 적이 있던가? 돈이야 있을 때도 없을 때도 있지만, 자신이 가진 자산에 진정으로 만족하며 사는 이들은 드물 것이다. 많으면 많은 대로, 적으면 적은 대로 고민하고 욕심을 부르는 게 돈 아닌가.

주머니가 가벼워져 마음이 누추해지려고 할 때마다, 연필을 들고 작성해보는 목록이 있다. 어디에서도 살 수 없는 것들의 목록! 돈이면 안 되는 게 없다는 세상이지만 물질로 결코 해결할 수 없는 것들이 있다.

'실력'은 돈으로 살 수 없다. 작가의 글솜씨나 화가의 그림 실력, 수영선수의 수영 실력, 발끝으로 도약하는 발레리나의 춤동작, 피아니스트의 유려한 연주…… 누군가 오랜 시간을 들여 연마한 기술, 자기 인생을 걸어 쌓은 전문성은 돈으로 가질 수 없다. 좋은 날씨, 마음의 평화, 우아한 태도 역시 돈으로 살 수 없다. 늙지 않는 생각, 다정한 마음, 자신을 사랑하는 마음(자존감)은 돈으로 살 수 없다. 내가 사랑하는 사람이 '동시에' 나를 사랑하는 일, 가족의 신뢰, 친구들의 우정은 어디에서도 살 수 없다.

정말 소중한 건 물질적 가치로 쉬이 교환이 안 된다. 그런 건 마음과 시간을 들여 찬찬히 가꾸는 수밖에 방법이 없다. 우리가 바라는 행복은 어디에서도 팔지 않는다. 진짜 가난한 사람은 '돈으로 살 수 있는 것들'만 가진 자인지도 모르겠다.

식탁 위에 놓이는 것

아침이다. 다른 곳이다. 이 두 가지 사실만으로 뇌가 반짝인다.

좋은 호텔에 묵을 때면 평소보다 일찍 눈이 떠진다. 낯선 장소에서의 기분좋은 긴장, 시트의 감촉, 창밖으로 보이는 나무들! 내겐 특별한 계획도 없다. 다리 사이에 시트를 말고 누워 하품을 하고 눈을 끔뻑인다. 태평히 지나는 아침 시간. 욕실로 가 오줌을 누고 양치를 한다. 세수는 하지 않고 눈곱만 뗀다. 아무 옷이나 꿰어 입고 식당으로 내려간다. 여행지에서 호텔 조식을 먹는 일, 먹고 올라와 침대 위에서 좀더 뭉그적거리는 일을 나는 퍽 좋아한다.

식당 안은 세계 각지에서 온 사람들로 붐빈다. 얇은 책 한 권을 테이블에 올려두고(펼쳐보지도 않고!) 오른쪽 식탁에 앉은 중국 남자를 구경한다. 그는 엄청난 양의 햄과 치즈를 빵 위에 올려 먹는 중이다. '아침부터 과식이군, 먹는 것에 비해 살이 안 찌잖아?' 쓸데없는 참견을 (속으로) 해본다. 왼쪽 식탁엔 금발에 트렌치코트를 입은, 말라깽이 여자가 앉아 있다. 견과류를 넣은 요구르트와 커피 한 잔을 달랑 앞에 두고는 그마저도 잘 먹지 않는다. '나도 그녀처럼 간결하고 우아한 식탁 풍경을 연출해볼까?' 몸은 그럴 생각이 없다. 나는 스크램블드 에그와 샐러드, 볶음밥과 연어, 크루아상을 양껏 차려놓고 먹는다.

배가 부르니 식탁 위 풍경에 눈이 간다. 크기가 다른 숟가락과 포크, 칼, 반짝이는 식기들, 소금통과 후추통, 냅킨과 테이블용 수건이 음식과 어우러져 있다. 식탁 위에 음식과 식기만 놓이는 것은 아니다. 그날 날씨, 어제의 피로, 몇 세기에 걸쳐 공고해진 동서양의 식문화가 '같이' 놓인다. 눈길을 돌려 다른 여행자들의 식탁을 본다. 식탁 위에 무엇이 더 놓이는가, 상상한다. 조간신문에서 흘러나온 정치 이슈, 환경문제, 연쇄살인범의 몽타주가 놓일 수 있다. 성난 마음과 미안한 마음이 나란히 놓일 수 있다. 기다림이나 후회가 놓일 수 있다. 쇼핑 목록이나 여행 일정이 놓일 수 있다. 어쩌면 신혼부부의 식탁 위엔 피로한 사랑이, 노부부의 식탁 위엔 편안한 권태가 놓일 수도 있겠다. 아이들이 자리한 식탁은 산만할 수밖에 없다. 아이들은 음식 외의 것에 더 관심이 많고, 식탁 곳곳에 자기 상상으로 만든 피조물을 세워놓기도 할 테니까.

'다른 이들의 식탁'을 궁금해하다보니, 내 식탁 위가 난삽한 상상으로 그득하다. 접시 옆에 아무렇게나 놓인 칼과 포크가 작은 무기처럼 보인다. 내 나라에서는 깊이 생각해보지 않은 식탁 풍경이 생경하게 느껴진다. 동양 문화권에서는 식탁에 칼을 올리지 않는다. 요리할 때 재료를 먹기 좋게 자르므로 식탁에서 음식을 썰어 먹을 일도 없다. 포크의 생김새를 찬찬히 살펴본다. 작은 삼지창이다. 서양 사람들은 사냥이나 전쟁을 할 때 쓰는 도구를 식탁 위에 '그대로' 끌어왔다. 프랑스 철학자 롤랑 바르트가 일본을 여행한 후 쓴 『기호의 제국』이 떠오른다.

> 젓가락은 음식물을 나누기 위해 서양의 도구처럼 자르거나 찌르는 대신 분리하고 헤쳐놓거나 흩뜨려둔다. 젓가락은 절대로 음식물을 침해하지 않는다. 조금씩 해체하거나 찔러서 몇 조각으로 나눔으로써 원래부터 있던 재료의 균열을 다시 발견한다.
>
> —롤랑 바르트, 『기호의 제국』(김주환·한은경·정화열 옮김, 산책자, 2008)에서

바르트는 서양의 나이프나 포크에 비해 '평화와 중립'을 추구하는 젓가락을 예찬했다. "창과 칼로 무장한 서양의 영양 섭취 행위에는 약탈의 몸짓이 여전히 남아 있다"고 썼다.

어린 시절엔 포크와 나이프를 양손에 쥐고 음식을 썰어 먹는 서

양의 식사가 근사해 보였다. 양식당으로 외식을 하러 갈 때면 "칼질하러 간다"며 즐거워했다. 그로부터 수십 년이 흐른 지금, 더이상 나는 서양 식탁의 풍경을 동경하지 않고 객관적으로 바라본다. 고기를 덩어리째 식탁 위에 내어놓는 것, 그것을 포크와 나이프로 자르고 찔러 섭취하는 것, 음식을 자기 접시에 조금씩 덜어와 개인적으로 먹는 것. 이런 것들이 어린 내 눈에 왜 좋아 보였을까? 나도(우리도) 강자가, 침략자가, 선진국민이 되고 싶었을까?

너무 멀리 왔다. 식탁에서 일어나면 다시 침대로 기어들어갈 것이다. 식탁에 음식만 놓이는 게 아니듯, 침대 위에도 사람만 눕는 게 아닐 것이다. 침대 위에는 무엇이 더 누우면 좋을까? '열정과 쾌락'에 충직한 사랑이 좋을까? 또 모른다. 누군가는 그저 '고요와 책과 잠'이 같이 눕고 싶은 전부라 할지도.

시간이 내게 주는 것

욕실에서 젖은 머리를 말리다 발견했다. 가만있어봐, 이게 뭐지. 가르마 부근을 살피니 흰머리 한 가닥이 드러났다. 또래에 비해 흰머리가 늦게 나는가보다, 안심하고 있던 차였다. 이것은 눈썹이 아니니, '백미白眉'라고 부를 수도 없네? 혼자 농담을 하며 냉큼 한 올의 터럭을 뽑아들었다. 세상에서 가장 작고 무력한 칼, 이것을 들고 선언했다.

'삶이 내게 준 한 가닥 스크래치!'

오호! 이 생각 좀 멋진데? 시로 써야 하나? 때가 되면 다들 나는 흰머리 하나 가지고 엄살을 부리고 고시랑고시랑하는 일, 맞다. 직업병이다. 호기롭게 손을 탁탁 털고 잊어버렸다.

몇 달 뒤. 가르마 부근에(그때 그 부분!) 서너 가닥 모여 난 흰머리를 '또' 발견했다. 이제 본격적으로 날 모양이지? 전에 난 한 가닥이 예고였군. 경고였나? 어쩌면 이제 나는 '젊은 여자' 계열에서 빠질 때가 되었다는 암시일지도 몰라. 그렇다면 외교부장관 강경화씨처럼 스타일을 바꿔야 할까? 아니야. 아직, 아직! 난 아직 (늙을) 준비가 되지 않았어요! 욕실 안의 소리 없는 아우성에 빠져 있는 내가 한심했다. 이번엔 뽑지 않았다. 재치 있는 문장도 떠오르지 않았다. 그저 돌멩이 하나가 발아래로 포물선을 그리며 떨어지듯, 서늘했다. 거울 속 내 모습을 자세히 들여다보니 팔자주름이 좀 진해진 것 같았다. 웃으면 눈가에 주름이 생기고, 뺨에 못 보던 기미도 생겼다. 나도 늙는구나! 나도, 늙겠구나! 여기서 방점은 '나도'에 찍혀야 한다. 나는 늙을 줄, 몰랐다. 아니, '알았지만 몰랐다'. 대부분의 사람들이 죽을 것을 알지만 (정말로는) 모르고 살듯이. 거울 속의 나를 한참 바라보았다. 늙음의 징후를 스스로에게서 찾은 첫날이었다.

시간은 사물을 낡게 하고 사람을 늙게 한다. 그게 다라면 억울할 텐데, 그것만은 아닌 것 같다. 시간은 노화를 겪게 하고 젊음을 거둬가지만, 이따금 괜찮은 것도 준다. 가령 나를 화나게 하는 상황 앞에서 내 반응 속도를 느리게 만들었다. 예전 같으면 즉석에서 화를 냈을 텐데, 시간은 내게 참을성을 선사했다. 표정을 가다듬고

숨을 고르는 방법을 (내가 모르는 사이에) 알려주었다. 혼자 충분히 생각해본 후, 그다음에 행동하는 여유를 주었다. 시간은 내게 사람을 고르는 법도 알려주었다. 어떤 사람과 진지한 이야기를 나누면 좋을지, 어떤 사람을 멀리 두는 게 좋을지 알게 했다. 시간은 내게서 날선 마음과 염세주의를 거둬가고, 이너피스와 낙천성을 (내가 모르는 사이에) 더 많이 품게 했다.

"당신은 어떻게 단단하고 긍정적인 마음을 가지게 되었어요?"

독자와 만나는 자리에서 종종 이런 질문을 받는다. 그때마다 매번 놀란다. 내가 단단하다고? 긍정적이라고? 나는 그런 사람이 아닌 것 같다고 생각하다가, 어쩌면 조금은 그런 사람이 되었을지도 모르겠다고 생각하다가, 무엇이 내 진짜 모습인지 몰라 그저 머리를 긁적인다. 나는 변화했는가? 그렇다면 시간이 내 얼굴과 검은 머리카락을 변하게 하듯, 내면도 바꾸어놓았는가? 조금은 그럴지도 모르겠다. 흰머리를 자꾸 발견하게 되는 욕실에 서서, 낡아가는 사물에 둘러싸여서, 내가 쓴 책들이 늘어가는 책꽂이 앞에 서서 나는 '겨우' 인정한다. 시간의 짓이구나! 시간이 자꾸 내게 무얼 주는구나. 나쁜 것도, 좋은 것도 주는구나. 침묵 속에서, 별안간이라고 느껴질 정도로, 내가 모르는 사이에 시간은 얼마나 많은 일을 벌이고 있는가?

그다음에는 돌연히 여름이 와 있다.

여름은 갑자기 쳐들어온 듯, 그 강한 충격으로 대기는 뜨거워진다. 마치 어떤 껍질에서 터져나온 듯이 여름의 사물들은 충만하게 거기 서 있다. 그러나 여름이 어떻게 왔는지 아무도 듣지 못했다. 여름 역시 침묵 속에서 보내졌고, 여름의 충만함을 감싸고 있는 껍질이 침묵 속에서 갈라졌다. 시간이 거칠게 여름을 부려놓을 적의 그 소리는 아무의 귀에도 들리지 않았다. 모든 것이 침묵 속에서 일어났던 것이다.

—막스 피카르트, 『침묵의 세계』(최승자 옮김, 까치, 2007)에서

침묵 속에서. 시간은 무언가를 가져다놓고 무언가를 거두어간다. 이제 뭘 더 줄래? 내가 물으면 시간은 주눅든 기색도 없이 말한다. 아직도 많아. 줄 게 많아.

여름은 갔다. 밖에, 돌연히 가을이 와 있다.

오래된 가을

날마다 카페에 간다

그곳이 어디든 아는 동네라면, 두어 군데 단골 카페가 있기 마련이다. 홍대 근처에도 몇 군데 즐겨 찾는 곳이 있다. 커피와 케이크 맛이 좋아 들르는 '미카야', 글쓰기에 좋아 일감을 싸들고 가는 '북티크'(지금은 다른 곳으로 이전해 서점만 운영한다), 주인 안부를 물으러 들르는 '커피산책자 소요'(지금은 문을 닫았다), 역시 주인과 담소를 나눈 후 커피를 포장해 나오는 '카페가또' 등이다. 그 밖에 브런치를 먹기 위해 들르는 곳도 있고, 더위와 추위를 피하기 좋아 들르는 카페도 있다. 이층 창가에 앉아 나뭇잎 흔들리는 풍경을 보려고 일 년에 두어 번 찾는 카페도 있다. 그곳에 앉으면 '서울을 서울 아닌 듯' 바라보게 되어 아껴 간다. 자주 들르면 그 맛을 못 느낄 테니까.

파주로 이사한 지 이 년. 동네에 단골 카페들이 생겼다. 요새 즐겨 찾는 곳은 집에서 도보로 오 분 거리에 있다. 마감이 급할 때 일하기 좋은 '카페 루버월'이다. 루버월에는 고양이가 네 마리 있고 근사한 오디오 장치가 있다. 그윽한 커피향이 있고 내가 좋아하는 귀퉁이 자리가 있다. 테이블마다 스탠드가 있고 친절한 주인 부부가 있다. 고양이 '탱고'는 오로라 같은 눈을 빛내며 테이블에 앉아 손님들을 맞는다. 어쩌다 탱고와 눈이 마주치기라도 하면 애교 섞인 눈웃음을 보내보지만…… 탱고는 마음이 내킬 때가 아니면 알은척도 않는다. 한번은 탱고의 턱을 살짝 만졌는데(무엄하게도!) 찰싹, 앞발로 바로 응징당했다. 손등에 상처가 생겼지만 탱고의 아름다움과 위엄에 눌려 끽소리도 못하고, 곧장 사과했다. 탱고는 "괘념치 말라"라고 말하듯 나를 내려다보았다.

카페에 앉아 가볍게 문을 밀치고 들어오는 사람을 본다. 적당한 곳에 자리를 잡고 음료를 주문하는 사람. 누군가와 대화하거나 스마트폰을 들여다보는 사람. 책을 읽거나 작업을 하는 사람. 턱을 괴고 멍하니 창밖을 보는 사람. 이들의 몸짓과 눈빛, 커피 내리는 작은 소음이 한데 어우러져 카페의 분위기를 만든다. 내게 카페는 집과 세상 사이에 돋아난 쉼표, 헝클어진 생각을 정돈하는 곳이다. 좋아하는 사람을 만나거나 글을 쓰는 곳, 책을 읽거나 빈둥거리는 곳이다(이 글도 카페에서 쓰고 있다). 하루 중 가장 느긋한 시간을 골라 '영혼을 부려놓으러' 들르는 휴게소랄까. 현대인의 실내 공원, 일상의 작은 사치를 누리는 장소! 카페의 적당한 잡음이 좋다. 낯선 이들에게 둘러싸여 누리는 익명성, 오롯이 혼자이면서 전체의 일부가 되는 일도 즐겁다.

1980년대 후반, 종로 낙원악기상가 근처에는 다방이 여럿 있었다. 그때도 사람들이 모여 차를 마시고 담소를 나누는 공간은 필요했다. 젊은 아버지를 따라 몇 번 다방에 가본 적이 있다. 그곳에서 아버지는 나팔바지에 앞코가 뾰족한 구두를 신고, 장발을 한 멋쟁이 친구들을 만났다. 기타나 드럼, 색소폰으로 생계를 꾸리는 젊은 연주자들. 다방에 어린아이는 나 하나였기에 낯설었다. 그러다 내 몫으로 설탕을 듬뿍 넣은 따뜻한 우유 한 잔을 받고 나면 기분이 좋아졌다. 그 달큼함은 집에서는 맛볼 수 없는 거였으니까. 아버지가 친구들과 무슨 이야기를 나눴는지, 무얼 마셨는지 기억나지 않는다. 다만 담배를 피우며 내가 통 못 알아먹겠는 이야기들을 주고받던 어른들의 분위기는 기억한다. 어두운 조명, 눅눅한 소파, 퀴퀴한 냄새 따위. 그날 이후 아버지가 "낙원 다녀올게"라고 말한 뒤 나가면 혼자 상상했다. '낙원'이라는 말의 어감과 다방의 낯선 분위기, 아이들은 결코 닿을 수 없는 세계에 대해. 어쩌면 '낙원'은 그 말뜻과는 달리 찬란한 곳은 아닐지 모른다고 종종 생각하곤 했다.

차라리 '낙원'은 최백호의 노랫말 속 풍경을 떠올리게 했다. 잃어버린 것을 기다리는 정류장이랄까.

타임머신이 있다면 아버지와 함께 갔던, 낙원상가 근처의 옛 다방으로 돌아가보고 싶다. 사람들의 이야기도 귀담아 들어보겠다. 그곳을 드나드는 이들의 옷차림과 구두를 구경하고, 어린 내가 우유를 마시는 모습도 가만히 바라볼 것이다. 미래 '카페생활자'인 내 전신前身을, 맹랑한 씨앗을 눈여겨봐둘 것이다.

책 읽는 자가 누리는 산책

이상하다. 못 견디게 책을 읽고 싶어 안달하게 되는 때가 있는데, 그때는 바로 '급박하게' (처리)해야 할 일이 있을 때다. 내 경우 데드라인을 이미 넘긴 원고를 급하게 써야 할 때 그렇다. 아, 이 책을 지금 당장 읽을 수만 있다면 내 영혼의 백 분의 일 정도는 팔 수 있을 거야, 생각하며 신을 원망한다. 신이여, 왜 제게 책 읽는 시간을 허락하지 않는 겁니까? 그러면 불벼락과 함께 호통을 치는 신의 목소리가 들리는 것 같다. 이 게으른 놈아, 내종 놀다 왜 하필 일하라니까 책을 읽겠다고 난리냐? 이건 신이 뭘 모르고 하는 소리다. 원래 시험 기간에 읽는 책과 원고 마감 때 읽는 책, "할일이 쌓였을 때 훌쩍"(자우림) 읽는 책이 제일 재미있는 법!

물론 책보다 재미있는 일은 세상에 많다. 침대에 누워 땅콩을 까먹으며 텔레비전 보기, 카페에서 친구들과 수다 떨기, 인스타그

램에 접속해 사람들의 동정 살피고 댓글 달기…… 다 재미있지만 '혼자 구석에 앉아 책장에 코를 박고 다른 세상으로 떠나는 일'은 그 어떤 일보다 흥미롭고 짜릿하다. 책 읽는 자만이 누리는 특별한 산책이 있는 것이다. 독서는 한자리에서 멀리 다녀오는 능동적인 행위다.

사실 전자책을 읽기 전에는 독서를 산책과 연결지어 생각한 적이 없었다. 스스로 책 읽는 자의 '위치'를 따져 묻고 중요하게 생각하는 줄도 몰랐다. 전자책을 읽다 독서가 걷는 일임을, 그것도 지표와 길이 있고 거리와 공간을 느끼며 하는 능동적인 산책임을 알게 되었다. 침대 위, 책상 앞, 나무 아래…… 이렇게 실제 독서하는 장소를 말하는 게 아니다. 그보다 한 권의 책에서 내가 어느 부분을 지나고 어느 곳에서 머무르거나 서성이는지, 보고 느끼고 생각하는 일이 책 속의 공간 지각을 통해 일어나는 일이란 사실을 몰랐다는 말이다. 물론 전자책을 읽는 중에도 알 수는 있다. 가령 '85/376', 이런 식으로 총 376쪽 중에 85쪽을 읽는 중이라는 표시가 나온다. 그러나! 손으로 책을 쥐고 책장의 두께 변화를 느끼며 읽는 이의 '이동 감각'을 전자책으로 느끼긴 어렵다. 처음 전자책을 접했을 때 당황했던 이유, 어딘가 답답했던 이유가 여기에 있었다. 전자책을 보는 중엔 책을 텐트처럼 엎어두고 물끄러미 표지 보기

(나는 이 행동을 자주 한다)를 할 수 없다. 책 모서리를 일없이 매만지며 읽기, 이따금 되돌아가거나 앞서가기, 걸은 곳에 나만의 표식(가령 나뭇잎이나 엽서나 돈을 끼워놓는 일)을 얹어두기 등을 할 수 없다. 영 섭섭하다.

물론 전자책이 가진 장점도 많다. 두꺼운 책을 볼 때 손이 편해진다. 침대에 옆으로 누운 후 쿠션에 전자책을 세워놓고 읽으면 더없이 편하다. 가벼운 기기에 많은 양의 책을 저장할 수 있어 여행할 때 가져가면 좋다. 급하게 책을 구해 봐야 할 때 서점에 갈 필요 없이 바로 구입해 볼 수도 있다(좋은 점이 어째 죄다 몸이 편하다는 얘기다). 그러나 아직까지 전자책으로 '산책'하는 기분은 들지 않는다. 읽은 책의 구절을 인용해 글을 쓰려 할 때도 불편하다. 하이라이트 표시를 해버릇하지 않아 그게 어디쯤 있었더라, 찾다가 포기한다. 닫힌 문 앞에 선 것처럼 막막해하다 결국 전자책으로 구입한 책을 다시 사오거나 도서관에 가서 빌린 적도 여러 번이다. 뭐랄까. 전자책은 책의 증명사진 같다고 할까. 한참을 걸었는데 겨우 러닝머신 위에서 내려올 때의 기분 같다고 할까. 정말 읽고 싶은 책, 오래 두고 보고 싶은 책은 아무래도 종이책으로 살 것 같다. 산책이란 아무렴, 나무 사이(종이들!)를 헤집고 걷는 게 최고니까.

몽당이라는 말

좀 짠돌이였던 할아버지는 내 필통에서 몽당연필을 보면 다 쓴 모나미 볼펜을 가져왔다. 짤막해진 연필의 몸체에 모나미 펜대를 끼우며 "여봐라, 순식간에 꺽다리가 됐지!" 뿌듯해했다. 나는 할아버지에게 들키기 전에 몽당연필을 버리지 못한 걸 후회하며 원수를 보듯 몽당연필을 째려봤다. 필통에도 들어가지 못할 만큼 '가짜 키'로 꺽다리가 된 몽당연필이 싫었다. 옷을 기워 입은 것처럼 창피했다. 몽당연필에 비해 새 연필의 길쭉한 느낌, 손에 쥐고도 한참이나 위로 뻗어 있는 나무의 곧은 모양새는 얼마나 좋았던가. 필통에 넣어놓으면 몸통에 그려진 그림이나 무늬가 오롯해서 폼이 났다. 나는 할아버지 몰래 몽당연필을 내다버리곤, 잃어버렸다고 곧잘 거짓말을 했다. 무엇이 귀하고 무엇이 흔한지 구별할 줄 몰라 그랬다.

지금은 몽당연필을 보면 감탄한다! '몽당연필이네! 귀여워!' 탄성과 함께 손이 먼저 연필을 잡는다. 새끼손가락만큼 작아지기까지, 이 연필은 얼마나 많은 시간을 종이 위에서 걷고 달렸을까. 누군가의 손아귀에서 스케이트를 타듯 종이 위를 긁적이던 숱한 밤, 그리고 낮이 필요했으리라. 그 시간을 충분히 보낸 연필들만 '몽당'이라는 작위를 받을 수 있다. '몽당'이란 누군가의 품이 들고, 시간이 깃든 후에 붙여지는 말이다.

누가 처음으로 "물건의 끝이 닳아서 뭉툭하게 몽그라지거나 몽그라지게 하는 모양"을 두고 '몽당'이라 불렀을까? 말과 뜻이 이렇게나 알맞다니. '몽당'이란 말을 쓸 수 있는 사물이 더 궁금해 사전을 뒤적인다.

"몽당비, 몽당붓, 몽당치마, 몽당머리, 몽당손, 몽당수염, 몽당숟가락……"

찾아놓은 낱말을 공책에 써놓고 읽어본다. 이건 정말 소리내어 발음해보지 않으면 모른다(부디 소리내어 발음해보세요). 이 사랑스러움을! 끝내주게 귀여운 소리가 나는 말들, 이 어여쁨에 발을 동동 구르게 된다. 한번 발음해보는 것만으로도 시가 되는 말들이 있다. 가만 보니 '몽당' 뒤에 오는 낱말은 죄다 순한 것들이다. 시간이 지날수록 조금씩 뭉툭해지거나 짤막해지는 것, 무뎌지고 순해지는 것들. 이 몽당이들! 이 못난이들!

요새는 이상하게도 낡고 닳은 물건에 더 마음이 간다. 멀쩡한 물건은 아무렇지도 않게 휙휙 잘도 버리면서, 구멍이 난 청바지는 버리지 못하고 옷장에 모셔둔다. 해진 속옷이나 구멍난 양말, 닳고 닳은 냄비, 나와 오랜 시간을 보내 상태가 안 좋아진 것들에게 마음이 약해진다. 버리더라도 충분한 '숙려 기간'을 거친 뒤에 버린다. 최근에는 좀 우스운 버릇도 생겼다. 다 쓴 공책을 새 공책으로 바로 바꾸지 못하고, 한 달 가량 새 공책과 헌 공책을 같이 들고 다니는 버릇이다. 그 한 달의 시간을 나 혼자서는 '공책의 장례를 지내는 시간'이라 부른다. 오랜 시간 내 복잡한 생각과 투정을 받아내며, 제 할일을 다 한 공책에게 나름의 예를 갖추는 일이랄까.

제 존재를 다 쓰이고 오도카니 누워 있는 몽당연필 앞에서 생각이 많아진다. 사람 역시 '몽당이'로 태어나 '몽당이'로 죽는 게 아닐까. 나 역시 날마다 몽당이가 되어가고 있는지도 모른다. 실제로 나이들면서 키가 조금씩 줄어드니까. 그러니까 할머니 할아버지는 '몽당사람'이라 부를 수도 있겠지. 그게 뭐든 조금씩은 닳고 있다. 시간도 몸도 즐거움의 한계치도. 사랑도 그런 게 있을지 몰라. 흘리고 퍼주고 부비고 쏟아내다 '몽당사랑'이 되는 일. 몽당사랑이라니. 왠지 싫다. '몽땅 사랑'이라 바꿔 말할까. 나쁘지 않네. '몽당'과 '몽땅'은 친족 관계일지 모른다.

찬란하고 소소한 취미인생

그네 타는 것을 좋아한다. 땅을 박차고 공중으로 도약하지만 멀리는 가지 않는 것. 그네 위에서라면 바람과 햇살, 나무, 행인의 모습을 더 기분좋게 구경할 수 있다. '취미'는 밋밋한 일상에서 그네를 타는 것, 평범함 속에 비상한 활력을 불어넣는 일이다.

좋은 취미란 몸이 그쪽을 향하고 마음이 달릴 만한 것, 순전히 좋아하는 무엇이 될 것이다. 직업과는 거리가 멀고 어떤 의무와 책임에서도 빗겨나 있는 것. 좋아하다보니 자주 하고 자주 하다보니 잘하게 되는 무엇. 힘들 때 비상구가 되고 생각만 해도 기분좋아지는 것. 일상의 일부이나 일상 밖의 일인 듯 설렘을 주는 것! 준비를 많이 해야 하는 것이어선 곤란하다. 아무래도 취미는 "그냥 취미 삼아 하는 거야"라고 말할 수 있을 정도의 접근성과 편안함을 가지는 게 좋겠다.

대한민국의 교양 시민이라면 너도 나도 독서와 음악감상, 영화 관람을 취미로 꼽던 시절이 있었다. 요즘은 대부분의 사람들이 스마트폰을 손에 쥐고 사는 시대다. 독서, 음악감상, 영화 관람을 취미로 내세우기엔 좀 미흡하다. 콘텐츠를 '읽고 듣고 보는' 행위는 현대인의 본성에 가까워졌으니까.

몇 해 전부터 발레를 배운다. 발레를 시작하기엔 늦은 나이고 알맞지 않은 몸뚱이를 가지고 있지만, 이 '복스러운' 취미는 여태껏 이어지고 있다. 내가 이 취미를 복스럽다 한 이유는 발레가 내게 행복과 활력을 주기 때문이다. 발레를 배운 뒤 좀더 몸을 소중하게 생각하고 인생은 '몸으로' 사는 거라는 믿음이 생겼다. 일주일에 세 번 발레교습소에 나가 몸을 쓰고 음악에 춤을 입히는 일을 한다. 이 일은 내가 할머니가 되어서도 하고 싶은 취미, 일상에서 타는 그네가 되었다. 발레를 배우는 중에 취미가 하나 더 생겼으니 프로 발레리나들의 영상을 찾아보는 일이다. 이상하게도 공연 영상보다 무용수가 발레 바를 잡고 기본을 다지는 영상, 무대에 서기 전 연습하는 영상에 더 매료된다. 원하는 동작에 성공했을 때 무용수가 짓는 미소나 코치에게 지적을 받으며 동작을 고쳐가는 모습을 집중해 본다. 참, '장비병'이 내게도 발병했으니, 레오타드나 발레 스커트를 (자꾸) 사 모으는 취미도 생겼다. 외국 여행을 할 때는 발레복 상점의 위치를 미리 알아본 후, 한두 벌은 꼭 사온다. 분야를 막론하고 '취미생활자'로서 아마추어들은 장비 욕심을 내는 법이니까. 장비 욕심을 부려도 낭비나 헛짓으로 보이지 않을 때, 우리는 그들을 프로라 부른다.

소소해서 남들에게 말하지 않는 취미도 몇 있다. 이를테면 벤치나 카페 창가에 앉아 나무바라기가 되는 것이다. 가능한 한 멍 때리며, 먼산 바라보듯 나무 한 그루를 바라보기. 오래, 그리고 가만히. 부동의 자세로 보이던 나무가 실은 자기 리듬에 맞춰 부단히 움직이고 있음을 알 수 있다. 가장자리부터 물드는 가을 나뭇잎은 한자리에 앉아서 보는 게 제격이다. 가까이에서 보면 나무 기둥을 고속도로 삼아 줄지어 지나가는 개미들을 볼 수도 있다. 키우는 식물들에게 말을 거는 것도 내 작은 취미다. 그들이 내 말을 따뜻한 에너지로 느낄 거라 믿고 자주 말을 건다. 식물도 사랑을 알기 때문이다. 사랑하는 이의 등뒤에 귀를 대고 소리를 듣는 것도 취미다. 밥을 먹을 땐 음식이 내려가는 소리가, 말을 할 땐 뱃고동처럼 왕왕 울리는 소리가 들린다. 따뜻하고 편편한, 나만의 산잔등이라 생각한다.

새로 갖고 싶은 취미가 무엇이냐 묻는다면? 여행지에서 모르는 할머니를 친구로 사귀기. 그에게 '입말'로 간단한 요리 배우기. 외국어로 시쓰기. 좋아하는 사람과 싫어하는 사람만 추려서 인물 사진 찍기. 현상해놓고 들여다보기. 내가 그이를 왜 좋아하고, 왜 싫어하는지 생각하기. 계절이 바뀌는 밤마다 한 번씩 수다 모임 갖기. 이왕이면 같은 멤버로 새로 맞은 봄밤, 여름밤, 가을밤, 겨울밤에 단출한 술상을 차려놓고 수다 떨기. 오래 팽개쳐둔 피아노 치기. 일주일에 한 번씩, 해보지 않은 일을 '찾아' 해보기. (똥손이지만) 그림 배우기.

인생에 반짝이는 것이 있다면, 그건 '취미란'이 무엇으로 채워져 있느냐에 달려 있을 거다. 지우고 쓰고 번복하면서 취미는 계속되어야 한다. 싱싱하게.

피로가 뭐냐고 묻지 마세요

그것은 쌓이는 것이다. 페이스트리처럼 한 겹 한 겹, 견고하게 쌓이는 것이다.

피로. 이것을 '열렬히' 느낄 때야 비로소 어른이 된 줄 알게 되는 것. 생각해보니 나는 서른 무렵에도 피로를 몰랐다. 친구들과 늦게까지 술을 마시고 난 다음날에도 말짱히 깨어 밖으로 나갔다. 일이 있든 없든, 나는 재미있는 일은 밖에 있다고 생각하며 집밖으로 나서는 타입이었다. 친구들은 나를 두고 체력 하나는 좋다고 감탄했다. 정말 내가 체력이 좋았는지는 모르겠다. 하지만 당시 내가 피로를 몰랐다는 것만은 분명하다.

언제나 몸 여기저기가 아프던 친구 하나는 "너무 피곤해서 손가락 하나 까딱할 수 없다"고 말해 종종 나를 놀라게 했다. 나는 친구의 집으로 찾아가(물론 놀러 나가자고), 누워 있는 친구 곁을 어슬

렁거리며 거짓말하지 말고 빨리 일어나라고 성화를 부렸다. 친구는 누운 채 손가락을 몇 번 꼼지락거리더니 정말이라고, 손끝에 힘을 주기 어려울 정도로 피곤하다고 말했다. 그 말을 들으며 과자 따위를 씹어먹던 나는, 그만 역사에 길이 남을 우문을 던지고 만다.

"설명해봐. 피곤하다는 게 정확히 어떤 상태야?"

아, 무식하게 힘세고 팔팔해서 아름다웠던 내가 그립다. 어깨가 뭉치는 게 뭔지 몰랐던, 아니 내 몸에 어깨가 있는지 없는지도 모르고 살았던 건강한 나여! 지금이라면 얘기가 다르다. 나는 피로한 상태를 몇 시간이라도 말할 수 있다(아, 그러면 피로하겠구나). 이제 나는 '에구구구'를 내뱉지 않으면 기상할 수 없는 사람으로 변했다. 어깨와 목이 무겁지 않은 적이 없고(지금도 아프다), 오전에 일을 많이 하면 오후엔 녹초가 된다. 세 시간 이상 내리 집중하는 게 어렵고, 요리를 하고 나면 바로 다른 일을 못한다. 하루에 두 번 이상 미팅을 하면 영혼이 사라진 채 몸만 집으로 돌아온다(영혼은 다음날 아침, '에구구구' 소리와 함께 돌아온다). 누군가 예전의 나처럼 피로한 게 어떤 상태냐고 묻는다면? 일단 얄미우니 꿀밤을 한 대 때리고는, 이렇게 말하리라.

"내가 하수구가 된 기분이야. 몸 곳곳으로 '버려야 할 여러 가지'가 흘러들어오지. 사방에서 말이야. 나를 깔때기 삼아 통과해가는 것들! 나는 여과지처럼, 아니 수챗구멍처럼 가만히 앉아 그것들을 견디어야 해. 타인의 시선을, 의무를, 책임을, 일상을, 업무를! 몰려드는 그것들이 나를 통과해 지나갈 때까지 견디어야 해. 그러고 나면 내 몸에 그 모든 것의 찌꺼기가 남아. 나는 끈끈해지고 어두워져. 사타구니가 특히 까매지고, 얼굴로 소낙비 같은 먹물 몇 점이 튀기고, 코끝이나 목구멍에서 피냄새가 휘이 돌아. 이해하겠어? 목구멍이 싸해져. 기분이 아니라 정말 아프다고. 잠깐 침대에 누우면 나는 지진에 뿌리 뽑힌 나무처럼 묵직하게 쓰러지는 기분이 들어. 잠들지. 이 잠이 얼마나 게걸스러운 잠이냐면 걸신들려 달려드는 아귀처럼 허겁지겁 빠져드는 잠이라서, 어딘가 나를 상하게 하며 빠져드는 잠 같달까? 조금의 여유도 없이 침입해서 들어오는 잠 말이야. 나를 침략하듯이, 내 존재에 개입해 나를 휘저어놓는 잠! 내가 자는 잠이 아니라 잠이 삼킨 내가 되는 기분이야. 잡아먹힌 동물, 숨통이 끊어진 짐승처럼 자는 거지. 기절 상태. 이런 잠에서 깨어나면 전류가 흐르듯 손발이 잠깐 떨려. 나는 조금씩, 죽은 이가 부활하듯 깨어나지. 깨고 나면 민망해. 마치 내가 급한 욕구를 서둘러 해결한 짐승 같아서."

대관절 우리는 왜 이토록 피로한 걸까? '나'를 위해 사는 게 아니라서? 나 이외의 것을 신경쓰며 타인에게 잘 보여야 하고, 누군가를 돌보거나 배려하며 살고 있기 때문일까? 확실한 건 더 많이 애쓰는 사람이 더 피로하다는 거다.

이 딱딱한 괴물. 피로는 몸의 경직된 상태이므로 말랑하게 만들어 풀어내야 한다. 그렇다. 그것은 풀리는 것이다. 욕조에 뜨거운 물을 받고 몸을 뉘어봐야 피로가 '풀리는 것'임을 안다. 내 경우엔 뜨거운 물로 목욕을 하고 깊은 잠을 자고 나서, 따뜻한 차를 마신 후 바닥에서 스트레칭을 꼼꼼하게 하고, 물구나무를 서고, 마지막으로 명상을 짧게 하고 나면! '겨우' 다시 살 수 있을 것 같은 용기가 생긴다.

몸을 달래야 한다. 몸 없이 할 수 있는 건 아무것도 없으므로. 생각도 몸이 하는 거다. 다시 해보자고, 함부로 써서 미안했다고 몸에게 용서를 구해야 한다. 내 눈치를 가장 많이 보아야 하는 사람은 나다. 지나치게 피로하다면 잠깐이라도 세상에 나밖에 없는 듯, 나만 생각하며 사는 시간을 가져야 한다. 우리가 그렇게 하기 어려울 게 뻔한, 어른일지라도.

모든 인간은 자라서 노인이 된다

아주 많이 늙은 것과 아주 많이 어린 것, 그것은 동급이다. 둘 다 많은 시간을 누워 보내며 인지 능력이 떨어진다. 스스로 먹을 수도 대소변을 가릴 수도 없다. 둘 다 몸이 약해 바이러스에 취약하며 극진한 보살핌이 필요하다. 세상 속에서 더없이 약한 존재다. 다만 한쪽은 사람들의 호의와 감탄, 애정어린 시선에 둘러싸여 자라고 다른 한쪽은 사람들의 불편한 시선과 한숨, 걱정에 둘러싸인 채 쇠락한다. 아기의 모습은 자랑거리가 되고, 노인의 모습은 누추한 이불 속 얼룩처럼 가려지기 일쑤다. 인간은 본능적으로 미래 가치가 높은 것을 선호한다. 발전 가능성이 있는 것, 아름다운 것, 에너지가 넘치는 것을 선호한다. 그 사이에서 늙어가는 사람에 대한 사회 인식은 형편없다. 기껏해야 '공경'이란 명목으로 존중과 보호를 권하지만 진심으로 노인을 공경하는 사람을 보는 일은 드물다.

자본주의 사회에서 '노화'라는 개념은 천대받는다. 노화는 상품이 될 수 없기 때문이다. 노화를 늦출 수 있다고 알려진 것들만 천박한 포장에 싸여 상품이 된다.

특별한 일이 없는 한, 모든 인간은 자라서 노인이 된다. 나 역시 이다음에 노인이 될 것이다. 다만 어떤 노인이 될 것인가 이게 문제다.

지금까지 다양한 노인들을 보아왔다. 길에서 내 손을 붙잡고 예수를 믿으라고 간곡히 말하던 할머니. 종교에 대한 믿음보다 그녀가 오래 지켜온 '질긴 믿음의 시간'이 아려서, 나는 얌전히 그녀가 내민 물티슈를 받았다. 평생을 등산하듯 살아온 노인도 있다. 단단하게 굳은 얼굴 근육은 웃어본 시간이 많지 않아 웃는 법을 모른다. 어쩌면 그는 저승 갈 때도 최선을 다해 갈지도 모른다. 남의 얘기라면 일단 듣지 않는 노인도 있다. 늙음의 첫번째 징후는 주구장창 자기 얘기만 하는 것! 대화의 기본 원리를 잊는 거다. 자신이 틀릴 수 있음을 인정하지 않는 노인을 볼 때면 피하고 싶다. 주름 하나하나가 선해 보이는 얼굴을 가진 노인도 있고, 삶에 찌든 표정 그대로 늙은 노인도 있다. 태극기 집회에 나가는 노인도 있고, 주머닛돈을 모아 어려운 사람을 돕는 노인도 있다. 한편 할머니들이 모여 있는 풍경과 할아버지들이 모여 있는 풍경은 사뭇 다르다. 할머니들이 작은 것을 두고 얘기하며 작은 것 속에서 우주를 본다면, 할아버지들은 큰 것을 두고 얘기하며 큰 것 속에서 쪼그매지기 일쑤다. 그런데 또 그렇게 쪼그매진 할아버지들도 사랑스럽다. 한때는 세상 모든 것을 품을 것처럼 팔팔하고 당찼던 사람들. 시간은 공정하다. "어떻게 늙을래" 질문을 던지고, 멀찍이서 지켜본다.

우리 할아버지는 큰 병 없이 살다 아흔에 돌아가셨다. 할아버지의 죽음을 목도하며 한 사람이 사고나 지병 없이 '늙어' 죽는 일이 얼마나 귀한 일인지 알게 되었다. 돌아가시기 얼마 전, 할아버지는 내가 사간 스웨터를 입어보다가도 졸았다. 식사를 앞에 놓고도, 음식물을 씹으면서도 졸았다. 다 된 불꽃처럼, 그는 자꾸 꺼지고 싶어했다. 한쪽 팔이 부러져 다른 한쪽 팔만 겨우 꿰어 입은 스웨터 속에서 그는 공들여 작아졌다.

완전히 늙는 일. 그것은 초가 끝까지 녹아 없어지는 일과 같다. 그를 돌아가시게 '두고', 나는 겨우 이렇게 시작하는 시 한 편을 썼다.

늙어 죽는 사람은 새벽이 가만히 놓아주는 사람
달의 손바닥이 둥둥 바람에 흘러간다

—졸시, 「귀가 무거운 사람」 『베누스 푸디카』(창비, 2017)에서

달도, 자연도, 우주도 손을 놓고 그를 보내주는 일. 아득한 일이다.

며칠 전 경비실 앞을 지나다 경비 아저씨가 "네가 있어 행복해"라는 가사에 맞춰 노래를 부르고 박수치는 모습을 보았다. 경비실에 놓인 작은 텔레비전을 보며, 아저씨는 박수를 치고 혼자 미소를 짓고 있었다. 만사가 시뜻해 시무룩하게 걷던 나는 갑자기 눈물이 핑 돌아 당황했다. 아저씨가 무안해할까봐 못 본 척 얼른 지나갔다. 욕망도 소란도 없이, 자신의 처지에 감사하며 순하게 늙는 일이란 얼마나 귀한 일인가. 좁은 공간에 있으면 답답하고 우울하겠지, 추측했던 내 판단이 틀렸다.

어떤 어른은 나이가 들수록 순해진다. 순한 노인이 된다. 스무 살 이후로 나는, 어떤 일을 겪어도 순해지게 해달라고 기도했다. 지금도 그 기도는 끝나지 않았다. 내 꿈은 순한 노인이 되는 것이다.

결국 우리는 사라질 것이다. 영원한 것은 없으니까. 영원이란 '아득하고 쓸쓸하게 사라지는 일'일지도 모른다. 우리와 동시대를 살고 있는 수많은 노인들은 '아직' 죽지 않은 사람들이 아니라, '벌써' 세상을 많이 살아온 사람들이다. 늙는 것은 오래되어가는 것이다. 오래된 것은 귀한 것이고.

*사족 : '영원'이란 말의 쓸쓸한 기미를 기막히게 알고 쓴 시인

은 서정주다. 그는 젊은 날의 과오 때문에 조금 쓸쓸하고 뒤척이는 노년을 살다 갔을지도 모르겠다. 빛나는 노년은 없다. 제아무리 찬란히 살다 간 영혼이라도 노년은 쓸쓸하고 비루하다. 나는 그게 인생의 그윽함이라 생각한다. 잘못을 하고, 후회를 하고, 뒤척이고, 사라지는 것. 끝은 쓸쓸한 것.

엄살쟁이를 위한 변명

세상에는 두 부류의 사람이 있다. 엄살이 많은 사람과 아예 없는 사람. 정말이다. 엄살을 어중간하게 부리는 사람은 못 봤다. 내가 사랑하는 사람 중 몇은 엄살이 지나칠 정도로 없고, 몇은 꽤나 많은 편이다. 나로 말하자면 엄살, 많은 쪽이다.

어쩌면 엄살은 유전일지도 모른다. 가족력 같은 것. 밤무대에서 오르간을 연주하던 아버지는 두어 달이 멀다 하고 업소 사장과 싸우고 악기를 뺐다. 사장이 한마디라도 싫은 소리를 하면 방방 뛰며 그만둔다고 했겠지. 아버지는 '음악 하는 친구들(아버지는 그렇게 불렀다)'에게 차례로 전화를 걸어 가게에서 뺀 악기를 맡아둘 곳이 있는지 물었다. 다행히 아버지는 친구가 많아 악기 맡길 곳을 늘 구할 수 있었다. 아버지의 악기는 사용될 때보다 어딘가에 맡겨 있는 시간이 더 많았을지도 모르겠다.

나는 통화하는 아버지 옆에 누워, 다리를 꼬아 흔들며 참견했다. "일을 '또' 그만두는 거야?" 어린 깜냥에도 가정의 앞날이 걱정됐다. 아버지가 일을 그만두면 같이 있는 시간이 많아져 좋긴 했다. 가끔 아버지 친구들이 놀러와 수박을 놓고 가거나 용돈을 주는 점도 좋았다. 백바지에 파마를 하고, 건들건들 걷던 아버지 친구들. 갓 서른을 넘긴 불안정한 어른들. 나는 지금도 누가 부모에 대해 말할 때 "힘들어도 일찍 일어나 일터에 나가고, 자식에게 약한 모습을 보이지 않았으며, 가혹할 정도로 자신을 몰아세우며 살았다"는 식의 이야기를 들으면 아연해진다. 마치 아기장수 우투리나 홍길동의 기담만큼 신비롭게 들린다고 할까…… 가족을 위해 몸 바쳐 희생하는 아버지라니. 나는 일하러 가는 게 얼마나 싫은지, 사는 게 얼마나 고단한지, 때때로 얼마나 죽고 싶은지, 자식을 키우는 게 얼마나 고생인지 하소연하던 아버지라면 얘기할 게 많다.

엄살이라면 남동생도 만만치 않다. 그애가 유치원에 다닐 무렵이었나. 허벅지에 티도 안 나는 상처가 났을 때, 그애는 종일 절뚝이며 걸었다. 피 한 방울 안 난 곳에 반창고를 붙이고! 또 내가 장난으로 간지럼을 태우면 참지 못하고 오줌을 싸기도 했다. 좀 참으면 될 일인 것을, 그애가 오줌을 싸는 바람에 둘 다 혼났다. 요새도 그애는 만사에 예민하게 더듬이를 세운다. 자신을 위협할지 모르는 것에 방어기제가 작동하는 탓일 테지.

나는 쉬지 않고 네 시간 가량 일하고 나면(원고 쓰기 등) 이런 말을 삼십 번쯤 한다. 아이고 나 죽네. 힘들다. 뼈가 녹는 것 같아. 이제 지쳤어. 내 어깨야. 좀 쉬어야겠어! 듣는 사람이 없어도 방언처럼 입에서 이런 말이 줄줄 나온다. 모양 빠지는 일이다. 몸이 좀 아프기라도 하면 컴퓨터에 달라붙어 내 증상을 검색해보느라 많은 시간을 보낸다. 마지막엔 꼭 병실에서 죽어가는 모습을 상상해보며…… 게다가 하루에 일곱 시간 이상은 자야 해서, 전날 두 시간 정도 덜 자면 다음날 못 잔 잠을 챙겨 잔다. 낮잠이든 밤잠이든, 꼭 채운다. 아마 내 속에 '수면시간보존제도'를 실시하는 엄격한 노조원이 열 명 가량 살고 있는 것 같다며 변명해보지만, 그냥 엄살쟁이 맞습니다!

주위에 엄살이 전혀 없는 사람들도 꽤 있다. 독한 사람들, 참 인간미 없다. 지나치게 완벽하단 말이지. 그들은 수면 시간을 아까워하고 일하는 시간이 아무리 늘어나도 투덜거리지 않으며 오히려 즐긴다. 총명한 기운을 띠고 비가 오나 눈이 오나 앞으로 앞으로, 꿋꿋하게 전진한다. 지구는 둥그니까(농담!). 그들에게 나는 게으름뱅이나 미성숙한 인간, 어딘가 모자란 사람으로 비칠지도 모른다.

어쩌면 엄살이 지나치게 많거나 없는 사람이 문학을 하는지도 모르겠다. 엄살이 없는 사람은 이육사가 되고, 엄살이 많은 사람은 다자이 오사무나 박연준이 되는 게 아닐지.

다자이 오사무가 쓴 『청춘의 착란』(박현석 옮김, 사과나무, 2010)은 그가 여러 사람에게 부친 편지글로 이루어져 있다. 그는 누군가에게 끊임없이 편지를 썼다. 돈을 빌려달라고, 앞으로 정신 차리고 열심히 살겠다고, 때때로 죽고 싶어 견딜 수가 없다고, 울며불며 썼다. "6월 중 많은 사람들이 있는 곳에서, 소리내어 운 적이 두 번"이라고 고백하는 글을 읽으면 눈물이 날 것도 같고 웃음이 날 것 같기도 하다. "우리의 슬픔을 비웃는 사람은, 죽여버리겠네." 비장하게 말하는 그는 진정한 '엄살의 황제, 슬픔의 왕'이다. 가끔 그의 엄살에 기가 질리기도 하지만, 그 엄살이 밉지 않다. 징징거리다 저무는 인생도 있는 법이다.

죄가 깊은 자는 사랑도 깊다.

—『청춘의 착란』에서

엄살은 자꾸 부리고 싶은 거다. 살다보면 사금파리 같은 볕뉘에 내 허약한 부분을 펼쳐놓고 누구에게라도 응석을, 좀 부리고 싶을 때가 있지 않은가. 그건 약해서일까 약함을 가장하고 싶어서일까. 어쩌면 약함을 위하고 싶어서일지도 모르겠다.

보통과 특별 사이

"보기보다 보통이 아니더라고."

"거참, 보통내기가 아니네."

가끔 이런 말을 듣는다. 나이 많은 사람이, 주로 남자가(여자도 있다), 대개 초면에 하는 말이다. 무례하기 짝이 없다. 나는 미소(썩소)를 지으며 답한다. "제가 보통은 아니죠. 보통인 사람이 어디 흔한가요." 이들은 누구인가? 내가 보통, 혹은 보통 이하이길 바라는 사람들. 이들의 저의는? 내가 까다롭지 않아 통제, 혹은 판단 가능한 존재이길 바라는 것. 그러니까 만만하면 좋겠는데 너 만만하지 않구나, 하는 말이다. 정말 훌륭한 사람에게는 "보통이 아니네요"라고 말하지 않는다. 이 말은 부정문이다. 모든 부정문은 일단 '짝다리를 짚고' 나온다. "선생님도 참 보통은 아니시네요." 나 역시 말한다면 그는 기분 나쁘다고 화를 낼지도 모른다. '보통인지 아닌지' 평가하는 자는 상대보다 위에 자리하기 때문이다. 그러니 입에서 '보통 아니네'라는 말을 내뱉는 순간, 알아야 한다. 자신이 꼰대임을!

1987년, 내가 초등학교에 입학한 해에 한 정치인의 말이 유행했다. "나 이 사람, 보~통 사람입니다. 믿어주세요." 아이들은 너도나도 대통령 후보의 말을 흉내냈다. 가슴 앞섶을 지그시 누르며 서로 "보~통 사람"이라고, 믿어달라고 말했다. '보~통 사람'이 대통령이 되는 게 좋은 일인 듯 보였다. 돌이켜보니 아이들에게 인기 있는 대통령 후보가 당선할 확률이 높다. 왜냐하면 아이들은 방방곡곡 떠들어대는 작은 마이크들이기 때문이다. 보통 사람임을 주장하던 그이는 제13대 대통령이 되었다. 그가 모두를 위해 좋은 정치를 했는지 못했는지, 우리는 몰랐다. 다만 '보통'이라는 게 만인에게 호감을 주는 열쇠임을 배웠다.

'보통 사람'이란 어떤 사람인가? 스스로 '보통'이라고 생각하는 이도 혼자 있을 때면 넘치거나 모자란 행동을 하지 않는가? 누구든 '일개', 혹은 '아무개 씨'로 초야에 묻혀 살다 죽는 것을 진정 바랄까? 아닐 것이다. 우리가 자식을 낳는 것, 무언가를 생각하고 기록하는 것, 날렵한 몸을 바라 운동하는 것, 아침마다 화장하는 것, 친구를 사귀는 것, 여행을 가는 것, 좋아하는 음악 목록을 만들고 듣는 것, 공부하는 것, 향초를 켜는 것, 요리를 해서 예쁜 접시에 담는 것, 반려동물을 끌어안는 것…… 이 모든 게 삶을 '보통' 이상으로 끌어올리고 더 특별하게 가꾸려는 행위다. 이때 '특별하게'란 개인마다 다를 텐데, 이 '다름' 또한 특별함이다.

'보통'이란 "특별하지 아니하고 흔히 볼 수 있음"이란 뜻이다. '보통'의 기준은 사람마다 다르다. 또한 상황에 따라 우리를 안심시키거나 상심하고 조바심치게 만든다. 의사에게서 '보통'이란 말을 들으면 안심할 것이다. 누군가에게 음식을 만들어 대접하거나 공들인 창작물을 보여줬을 때 '보통'이란 말을 들으면 기분이 나쁠 것이다. "엄마, 나를 왜 좋아해요?"라고 아이가 물을 때 "넌 평범하거든. 네가 '보통'이라서 엄만 좋아"라고 대답한다면 아이는 섭섭해할지도 모른다.

'보통'의 뒷면은 '특별'이다. 쉽게 뒤집힐 수 있다. 인간은 앞면과 뒷면을 다 가지고 있다. '보통 사람'이란 말은 인격의 개별성을 무리에 밀어넣고 싸잡아 뭉개는 말이다. 무리의 위세에 기대어 한 사람을 평준화할 때 사용하는 말이다. 하나하나 꼼꼼히 들여다보면 모든 인간은 제각기 다르게 특별하다. 그러니 "나 이 사람, 보~통 사람입니다. 뽑아주세요"라고 말한 정치인은 거짓말쟁이다. 대통령을 하겠다고 나선 사람이 '보통'일 리 없으니까.

우리는 타인과 크게 다르지 않길 바라면서 또한 특별하길 바란다. 이중심리가 숨어 있다. 그런데 '특별'이란 말의 의미를 찾아본 적 있는가? '보통과 구별되게 다름'이다. 특별은 '보통' 없이 존재할 수 없다. 어떤 보통은 특별하다. 때로 어떤 특별이 보통인 것처럼. 보통이 정말 우아하고 아름답다면? 그것과 구별되는 특별은 되레 후진 게 될 수 있는 것이다.

당신이 인생에서 기대하는 것은 보통인가, 특별인가? 프레임에 갇히면 곤란하다. 세상엔 절대 보통도, 절대 특별도 없다.

오래된 것이 도착했다

오래만에 울었다. 딱히 이유도 없이 그랬다.

그날은 좀 고단했다. 토요일이고, 북토크가 있어 파주 집을 나서서 서울로 갔다. 광화문에는 태극기와 성조기를 든 장노년층이 떼로 모여 있었다. 택시를 잡을 수 없어 인파로 가득한 전동차 안에서 해파리처럼 밀려다녔다. 미간에 절로 힘이 들어갔다.

오래된 한옥 사랑방에 도착해, 읽고 말하고 쓰는 삶을 이야기했다. "아기를 낳지 않는다면, 고만고만한 시인밖에 될 수 없을 것이다"라고 말한 스님이 한 분 있었지만, 대부분은 입가에 미소를 띠며 내 얘기를 경청해주었다. 발끈해지는 마음을 누르고 스님을 향해 "우리는 모두, 평생 수련을 해야 합니다"라고 응수했다.

합정역으로 넘어와 후배와 술을 마셨다. 얼마 전 장편소설을 펴낸 소설가 H 등과 우연히 마주쳤다. 모두 취했을 무렵, 그이가 다른 작가 한 명을 데리고 우리 테이블로 건너왔다. 넷이 복분자 네 병을 금세 비웠다. H 소설가는 일전에 내가 우는 모습을 본 적이 있는데, 꼭 소처럼 울더라고 말해주었다. 자기가 소를 키워봐서 잘 안다고 했다. 그 말을 들으니 이상하게 안심이 되었다.

집에 돌아와 침대에 누워 울기 시작했다. 조용히 울다, 흐느끼다, 나중엔 목놓아 울었다. 소처럼 보였을지도 모른다. 남편이 황당해하며 우는 이유를 물었지만 대답할 수 없었다. 취한 자의 시간은 뒤죽박죽이라서, 옛날이 밀려오기도 현재가 멀어지기도 하는 법. 이유를 말하기가 어려웠다. 북토크가 끝난 뒤, 맑은 얼굴을 한 사람이 건넨 뜨개 지갑이 떠올랐다. 푸른 실로 직접 뜬, 그이의 시간이 담긴 선물이었다. '주홍빛 단추' 하나가 달려 있었다.

"삼십 년 전에 우리 언니가 입던 원피스에서 떼어낸 단추예요."

일곱 살 여자아이 옷에 붙어 있던 단추가, 삼십 년이란 시간을 견디고 살아남아 내게 온 것이다. 남편이 우는 이유를 재차 묻길래, 단추 얘기를 했다.

"단추가…… 선물받은…… 단추가……"

흐느껴 우느라 내 말은 문장이 되지 못했다. 그가 웬 단추 타령이냐고 되물었다.

"단추가 삼십 년이 되었는데…… 그걸 받았는데…… 원피스에 있던…… 나는, 그게 그냥 슬퍼."

삼십 년 된 물건이야 쌔고 쌨는데 별일을 다 본다며, 그는 어이없어했다. 나는 한참을 더 흐느껴 울다 잠들었다.

다음날. 눈이 퉁퉁 부어 있었다. 화장대 위엔 삼십 년 된 단추가 붙은 뜨개 지갑이 그대로 놓여 있었다. 삼십 년이 된 물건이야 얼마든지 있겠지만, 달랐다. 단추를 보고 있자니 낯모르는 여자아이의 팔랑이는 원피스 자락이 떠오르고, 그 원피스가 무색하게 훌쩍 자라 성년이 됐을 여성의 모습이 떠오르고, 그녀가 어른으로 자라는 동안 겪었을 지난한 시절이 떠오르고, 그 시간에 깃든 내밀한 슬픔이 떠오르고, 그녀를 따라 부지런히 자랐을 어린 여동생이 떠오르고, 여동생이 나중에 커서 나처럼 미천한 시인에게 줄 선물을 마련하느라 언니의 원피스에서 단추를 떼어낼 시간이 떠오르고, 느릿느릿 뜨개질을 했을 손의 움직임이 떠오르고, 인연이 없던 나를 '비로소' 만난 작은 단추의 운명이 떠오르는데! 도대체 이게 슬픈 일이 아니면 무어란 말인가?

단추. 옛날에서 온 단추.

나는 열 편의 시가 그 단추 하나를 이길 수 없으리라 확신했다. 아니, 어쩌면 시는 꼭 내게 온 그 단추 같은 것일지 모른다고 생각했다. '단추로 온 그 시간들', 그런 것이 시일 거라고.

오래된 것이 도착했다. 시간은 가고 또 온다. 헌 날은 새날이었고 새날도 곧 헌 날이 되어, 우리에겐 '옛날'이란 시간만 자꾸 커질 것이다.

내 앞에는 당신의 등이 있다

뒷모습에는 표정이 없다. 방심이 그의 표정이다. 뒷모습은 '무방비'라는 속옷을 입고 있다. 무얼 대비하기 전, 표정이 도착하기 전 생짜의 모습. 뒷모습에는 눈이 없다. 뒷모습은 타인의 시선이라는 화살이 날아드는, 눈빛들의 과녁이다. 방어율 제로인 과녁.

뒤는 백수다. 할일이 없는 것으로 제 할일을 다 한다.

등은 뒷모습에서 가장 중요하다. 구부정한 등, 꼿꼿한 등, 넓은 등, 좁은 등, 살집이 두툼한 등, 비쩍 마른 등, 나름의 성격이 있다. 물건을 옮기는 등, 잠든 등, 울먹이는 등, 달리는 등, 기다리는 등, 누군가를 안은 등, 매달리는 등, 노쇠한 등, 강건한 등, 흥분한 등, 권태로운 등, 등 등 등! 어떤 '상태'에 머물러 있는 등을 바라보는 일은 앞을 바라보는 일보다 편하다. 내 '바라봄'을 들키지 않고 볼 수 있다. 등의 위쪽에 자리한 모가지를 지나 뒤통수로 가면 '방심한 동물의 털'을 볼 수도 있다. 얼굴을 덮고 있는 털은 머리카락이지만, 뒤통수를 덮은 털은 '동물의 털'에 가깝다.

당신이 밥을 먹을 때 등뒤로 가서, 몸을 포개 앉은 적이 있다. 당신 허리를 끌어안고 등판에 귀를 대보면, 소리가 들린다. 당신이 음식물을 씹는 소리. 삼키는 소리. 삼킨 음식물이 아래로 내려가는 소리. 그것들이 당신과 섞여, 당신을 이루는 소리.

"밥 먹을 땐 좀 덜 사랑해줄래?"

당신이 투덜대면 포옹을 푼다. 내 앞에는 당신의 등이 있다. 뒷모습은 당신이 모르는 당신이다. 머리를 수그리고 무언가를 떠먹는 등. 무방비로 시선에 침략당한 등.

"거북이 와서 형님, 하고 부르겠네. 허리 좀 펴."

핀잔을 주면 당신 목은 곧 기다래지는가 싶다가 이내 구부정해진다. 먹는 사람의 등은 무구하다. 잠든 사람의 등만큼.

떠난 사람들이 떠오른다. 돌아선 등, 냉랭한 등, 멀어지는 등을 보이며 떠난 사람들. 그때 알았다. 떠나는 등은 표정을 짓기도 한다는 것을. 떠나는 등은 남은 자의 앞에 놓인 스크린이다. 어둠 속에서 자막을 올리는 중인 스크린. 한편 죽은 자를 염할 때, 뒤를 보여주지 않아서 다행이라고 생각한 적이 있다. 죽은 이의 뒷모습을 보며 이별해야 한다면…… 생사가 갈리는 이별은 한사코, 앞이어야 한다. 죽은 이가 뒷모습을 보이는 것, 그건 반칙이다.

헤어질 때 한사코 등을 보이지 않고, 멀어질 때까지 손을 흔들어주던 친구가 생각난다. 지금은 소원해진 친구. 토실토실하고 넓은 등을 가진 그이는 등을 보인 적이 드물다. 가끔 그이의 뒷모습을 오래, 바라볼 수 있으면 좋겠다고 생각한다.

눈 감고 지나는 가을밤

사는 거야 다들 사는 거고, 죽는 일은 요원해 보이는 날. 아니, 정정한다. 죽는 일이야 때를 맞은 순서대로 죽는 거고, 사는 일이 요원해 보이는 날. 창밖을 보며 '어떻게'라는 부사에 골몰한다. 어떻게 살아야 할까. 혹은 어떻게 살지 말아야 할까.

이파리를 떨군 나무들이 회초리 흉내를 내며 서 있다. 떨어지지 않겠다고, 허공에서 버둥대는 이파리들도 결국 떨어질 것이다. 물기 없는 것들의 내면엔 두려움이 깃들고 도처에 아슬아슬한 기운. 무언가 툭, 떨어져 터질 것 같다.

책상 위엔 잠든 밤 한 알이 있다. 저것은 발 다친 다람쥐의 양식이 될 수도 있었을 밤. 저 작은 밤은 무엇도 위하지 않아서 지금 내 앞에 놓여 있다. 발 다친 다람쥐는 눈 감고 가을밤을 지나야 할 것이다.

"가을에 대한 글은 왜 안 쓰세요?" 눈매가 아름다운 편집자 K가 물었을 때야 알았다. 가을을 생각하며 쓴 에세이가 많지 않구나. 글쎄, 그건 내가 가을이 오면, 눈을 꼭 감고 지나가는 버릇이 있어서일 거다. 잎들은 색색이 물들고, 저걸 변심이라 불러야 하나 번짐이라 불러야 하나 고민을 하다 눈을 질끈 감아버리는 거다. 물든다는 건 진해지는 일일 테고, 진해지는 건 떨어질 것을 예감해야 하는 일. 떨어지는 건 나뒹구는 일일 테고, 그런데 나뒹구는 것들은 모두 어디로 가나?

나뒹구는 모든 건 떨어진 것들이지

이파리가 나무에서 멀어지는 일을 가을이라 부른다

멀어진다는 것은
뱃속의 작은 씨앗이 발아한다는 거야
오래전 누군가 심어놨겠지
너의 뱃속에 또 나의 뱃속에
물의 동자들이 응원했겠지

—졸시, 「이파리가 나무에서 멀어지는 일을 가을이라 부른다」
『밤, 비, 뱀』(현대문학, 2019)에서

봄이 새싹이 돋는 계절이라면 가을은 이별의 싹이 돋는 계절. 가을엔 내가 태어난 날이 하루 있고(어머니와의 이별), 아버지의 기일도 하루 있다(아버지와의 이별). 사랑했으나 멀어진 사람들을 생각해보면, 죄다 가을 위에서 낱낱이 되었다.

트렌치코트를 몇 번 입지도 않았는데, 겨울은 성마른 고리대금업자처럼 미리 와 있다. 가을바람엔 언제나 '미리 도착한 겨울 몇 가닥'이 포함되어 있으니 기다리는 수밖에 없다. 계절이 무사히 지나가기를.

책상 위엔 잠든 밤栗과 잠 없는 가을밤夜, 고요히 같이 있다. 쓸쓸함은 가을과 동색同色이어라.

파주의 기러기들

하늘을 나는 파주 기러기들을 보는 일은 내가 가장 좋아하는 일이다. 누군가가 찢어놓은 잿빛 종이처럼, V자 행렬로 날아가는 기러기들! 공중에서 부유하는 저 무리를 눈으로 좇고 나면, 거대한 시간의 파도가 눈앞에서 일렁이다 사라진 것 같은 기분이 든다. 한낮에 UFO를 목격한 사람처럼 입을 벌린 채 보고, 보고, 또 보아도 결코 질리지 않는 풍경이다.

기러기들은 V자 대열로 줄지어 날아가며, 어떻게 서로의 간격을 맞추는 걸까? 그들이 유지하는 자연스러운 거리, 일렬로 한곳을 향해 동시에 나아가는 움직임을 올려다보고 있자면 왜 눈물이 나올 것 같지? 눈물이라니. 가을 겨울이 깊어지는 일이 왜 쓸쓸하단 생각이 드는 걸까.

이런 풍경 앞에 선 심정은 아무리 묘사하려 해도 가닿을 수 없다. 이건 시가 할 수 있는 일인데, 지금 내가 산문으로 '할 수 없는 일'을 하려고 애쓰고 있기 때문이다. 김연수 작가가 번역한 메리 올리버의 「기러기」(『네가 누구든 얼마나 외롭든』(문학동네, 2007)에서 재인용)란 시를 보자.

착해지지 않아도 돼.
무릎으로 기어다니지 않아도 돼.
사막 건너 백 마일, 후회따윈 없어.
몸속에서 사는 부드러운 동물,
사랑하는 것을 그냥 사랑하게 내버려두면 돼.
절망을 말해보렴, 너의. 그럼 나의 절망을 말할 테니.
그러면 세계는 굴러가는 거야.
그러면 태양과 비의 맑은 자갈들은
풍경을 가로질러 움직이는 거야.
대초원들과 깊은 숲들,
산들과 강들 너머까지.
그러면 기러기들, 맑고 푸른 공기 드높이,
다시 집으로 날아가는 거야.
네가 누구든, 얼마나 외롭든,
너는 상상하는 대로 세계를 볼 수 있어.

기러기들, 너를 소리쳐 부르잖아, 꽥꽥거리며 달뜬 목소리로—
네가 있어야 할 곳은 이 세상 모든 것들
그 한가운데라고.

기러기들이 하늘을 나는 풍경에는 이런 것이 들어 있다. 생의 리듬, 나아가는 일밖에 도리 없음, 앞 옆 뒤를 이루는 수많은 당신, 그 안에서 길어지는 내 그림자, 날갯짓의 하염없음, 도착의 유예, 알 수 없는 나날, 예외 없이 가야 하는 시간, 시간의 피로, 가망과 가망 없음, 그 속에 깃든 두려움, 믿으면서 포기하기, 포기하면서 일어나기……

기러기떼가 점점 멀어지고 있다. 고개를 들어 그들의 비행을, 쉼을, 용맹 속에 깃든 머뭇거림을 지켜본다. 그 모습에서 우리의 모습을 본다. 땅 위에선 제대로 볼 수 없던 우리 자신의 모습. 우리가 속해 있는 세계의 모습. 어린 시절과 오지 않은 미래의 모습.

무리에서 뒤처져 혼자 나는 기러기도 보인다. 저 쓸쓸한 비행, 나도 살면서 한 번은 그랬던 적이 있었지, 하는 사이. 사라지는 외기러기.

가야 한다. 멈출 수 없다. 시간은 한곳에서도 우리를 흐르게 하므로.

모월모일

1판 1쇄 2020년 3월 10일
1판 7쇄 2021년 9월 6일

지은이 박연준

기획·책임편집 강윤정 **편집** 김봉곤 김영수 **모니터링** 이희연
디자인 이보람 **마케팅** 정민호 이숙재 우상욱 정경주
홍보 김희숙 함유지 김현지 이소정 이미희 박지원
제작 강신은 김동욱 임현식 **제작처** 영신사

펴낸이 염현숙
펴낸곳 (주)문학동네
출판등록 1993년 10월 22일 제406-2003-000045호
주소 10881 경기도 파주시 회동길 210
전자우편 editor@munhak.com **대표전화** 031) 955-8888 **팩스** 031) 955-8855
문의전화 031) 955-3578(마케팅) 031) 955-2678(편집)
문학동네 카페 http://cafe.naver.com/mhdn **트위터** @munhakdongne
북클럽 문학동네 http://bookclubmunhak.com

ISBN 978-89-546-7092-0 03810

◦ 이 도서의 국립중앙도서관 출판예정도서목록(CIP)은 서지정보유통지원시스템 홈페이지(http://seoji.nl.go.kr)와 국가자료종합목록 구축시스템(http://kolis-net.nl.go.kr)에서 이용하실 수 있습니다. (CIP 제어번호 : CIP2020008141)

◦ 잘못된 책은 구입하신 서점에서 교환해드립니다.
기타 교환 문의: 031) 955-2661, 3580

www.munhak.com